光文社文庫

文庫書下ろし

忘れ簪《かんざし》

つばめや仙次　ふしぎ瓦版

高橋由太

光　文　社

この作品は光文社文庫のために書下ろされました。

目次

主な登場人物

仙次

薬種問屋「つばめや」の次男坊。本所深川では変わり者で有名な瓦版売り。幼馴染みのお由有に惚れている。

辻風梶之進

仙次の幼馴染みで「辻風道場」の若き道場主。一本気な性格で曲がったことが大嫌い。お由有に惚れている。

お由有

仙次と梶之進の幼馴染みで、町で評判の器量よし。医者である父の仕事を手伝う孝行娘。

宋庵

お由有の父で、「医は仁術」を地で行く江戸でも指折りの名医。両親を早く亡くした仙次と梶之進の父親代わり。

鬼一じいさん

本所深川の外れの小屋でひとり暮らす謎の老人。とんでもない女好きだが、剣を持たせれば無敵の達人。

芳次

本所深川を縄張りにする岡っ引き。腕のいい簪職人でもある。

猫ノ介

鬼一じいさんの相棒の猫。元は日本橋の大店で飼われていたが、故あって、本所深川に流れてきた。

千代松

未来に起こる不幸を予見する「黒瓦版」を売り歩く童子。三つ瞳の持ち主。

イラスト／永尾まる

異童子行道記（意訳）

この世界が始まってからこのかた、人間に限らずすべての生き物について、異例の現象が出ることは少なくないものだ。

今ここに、播州加古川より十四五丁北東、升田新田出河原村在住の、大工平兵衛のせがれ千代松という子は、去年三月二十一日辰の刻（午前八時ごろ）に出生したが、常人とは異なった身体をしていた。

すなわち、目玉に三つの瞳がある。真中に普通の瞳があり、その両側に少し下がって瞳がついている。手のひらには縦に筋が三本通っていて、みな指の股に入っている。また両足とも足の裏に菱の紋が三つ付いている。耳は大きくて声が高い。父母を呼ぶだけで、一年経った今でもほかのことは話さない。

また動作を調べてみると、ほかの童子とはきわめて変わっていて、めったにないことに当面しても驚かない。もとより少しも泣くことがない。

また玩具などを好まないで、
ただ両親の言葉に従って少しも
逆らわず、食物に好き嫌いなくて
両親の与えるものを食べる。
実に親孝行と言うべき子だ。
また夜の暗がりの中で、
品物を持ってこいと命じてみると、
灯りもなくて持ってくるのは
不思議だ。このやさしく
情けある心の子は神童とも言うべきだ。
まったく古今に珍しいことではないか、
肖像画のとおりで間違いないと申し述べる。

『江戸のマスコミ「かわら版」』(吉田豊著／光文社新書)より引用

序

1

江戸というところは不公平な町で、食うために汗水垂らして働いている者もいれば、朝から晩まで訳の分からぬことをしてのんべんだらりと暮らしている者もいる。

銭があろうとなかろうと働かず、ふらふらしている者も少なくない。ふらふら者の中で銭に困らぬ連中のことを〝極楽とんぼ〟と呼ぶ。

武家であろうと商人であろうと、家を継ぐのは年功序列。よほどのことがないかぎり跡取りは長男と決まっており、次男以下は暇を持て余していた。銭のある極楽とんぼは大きな商家の次男坊・三男坊が多い。

江戸田舎と呼ばれる本所深川で、一、二を争う極楽とんぼと言えば、〝つばめや〟仙《せん》次《じ》であろう。仙次が額に汗して働いている姿を見た者はいない。いつだって、眠そうな顔をしている。

春とは名ばかりの肌寒い昼下がりのころ、仙次は大川にやって来ていた。たいていの若者は働いている時刻であり、ふらふらと歩いている仙次の姿は、お天道様の下で、やたらと目立つ。撫で肩で細すぎるところはあるものの、本所深川の町で、仙次は二枚目で通っている。

二枚目であれば、娘連中に騒がれそうなものだが、仙次を追いかけ回す奇特な娘は滅多にいない。雌猫でさえ仙次を見ると、呆れたように欠伸《あくび》をする。

別段、仙次が無愛想というわけでも、世間様に後ろ指をさされるようなことをしでかしたわけでもない。酒も飲まぬし博奕《ばくち》も打たない。女遊びをするでもなかった。ときおり、塞《ふさ》ぎ込むことはあるものの、商人のせがれらしく愛想のいい男だった。ただ、ひたすら働かず、そのせいなのか、若い娘の色恋の対象にならないのである。

そうかと言って、町内で嫌われているわけではない。

実際、仙次を見ると話しかけて来る町人たちは多い。

さっそく、大川で暇を潰している年寄り連中が仙次に声をかけて来る。

「〝つばめや〟の次男坊じゃねえか。相変わらず、ふらふらしているねえ」

本所深川にある薬種《やくしゅ》問屋の〝つばめや〟といえば江戸で指折りの大店《おおだな》で、名の通った大名・旗本からもお声がかかると言われている。

どんな金持ちであろうと、生きていれば病気になるもので、古今東西の妙薬を取り揃えている〝つばめや〟は繁盛し、蔵には使い切れぬほどの大判小判が貯め込まれていると、町人たちの間では噂の的である。

江戸で評判になるほど繁盛している店だけあって、いくら奉公人を雇っても手が足りず、仙次の兄である〝つばめや〟の主人の津吉郎《つきちろう》などは寝る暇がないほどに忙しい。忙しすぎるせいか、日に日に痩せて行き、医者に「早死にしたくなければ、少しは休め」と言われていた。

それなのに、仙次ときたら、店を手伝う素振《そぶ》りも見せない。仕立てのよさそうな銀鼠《ぎんねず》の着流しをだらりと身につけ、懐手をして暇そうに欠伸なんぞを噛み殺しながら歩いている。

極楽とんぼの次男坊のことを本所深川の連中は、〝つばめや〟仙次と呼ぶ。〝つばめや〟というのは家の薬種問屋のことではなく、仙次が瓦版を売り歩くときに使っている屋号であった。

「ふしぎ妖しや怪しの瓦版。本所深川に、美少女に化けるぽんぽこ狸娘が出たよ」

と、何だかよく分からない瓦版を売り歩いていた。百歩譲って、これが金儲けのための瓦版売りであれば分からぬこともない。

仙次の場合、瓦版売りと言ってもいい加減なもので、このところは瓦版を売り歩く姿さえ見せない。正真正銘、ただの道楽である。

「男振りもいい上に銭もあるのに、どうしておかしな瓦版なんぞ売っているのかねえ」

町人たちは首をかしげる。瓦版を売るのが道楽なんて若い男は見たことがないのだろう。

――訳が分からぬのはそれだけではない。

仙次ときたら、妖怪だの幽霊だのといった奇妙奇天烈《きてれつ》なものばかりに興味を示し、しかも、その不思議をただそのまま瓦版にするのではなく、謎解きをしようとするのだ。しかも、どんな不思議にも最初からからくりがあると決めつけているように見える。

「不思議が好きなんだか嫌いなんだか、さっぱり分からねえや」

と、訳の分からぬ男として評判である。若い娘に好かれるはずがない。

今日も仙次は不思議を求めて大川にやって来ていた。

聞くところによると、大川で人魚が釣れるというのだ。

人魚が出たという話は、古今東西、ありきたりで珍しいものではない。話だけなら、どこにでも転がっている。ちょいと長生きの猫がいると、「人魚の肉でも食ったんじゃねえのか」などと言うくらいである。

人魚の血肉を口にすると、不老不死になるというのも、お馴染《なじ》みの趣向であろう。昔話で有名な八百比丘尼《やおびくに》は、父がこっそり隠しておいた人魚の肉を食って不老不死となり、十代の美しさのまま生き続けたという。

各地に八百比丘尼と似たり寄ったりの言い伝えは転がっている。浅草から両国あたりの見世物小屋に行けば、百年も二百年も生きていると評判の子供がいる。もちろん、たいていは眉唾ものであった。

そんなわけだから、実のところ、仙次の気を引いたのは人魚そのものではない。本所深川中の年寄り連中が大川に釣り糸を垂らしていることの方が不思議であった。

生き馬の目を抜く江戸の中でも、さらに油断できない流れ者の住む本所深川で年老いた年寄りたちである。詳しいことは語らないが、若いころ、世間を騒がせた悪党のなれの果てもいるという。

口八丁手八丁で世間を渡り歩く悪党どもでさえ、この連中を騙すのは難しい。そんな疑い深い年寄りどもが一様に釣り糸を垂らしているのである。

物好きな年寄りどもだと言い捨ててしまえば、話は簡単であろうが、普段の本所深川のじいさんばあさん連中を知っている仙次には、どうも解《げ》せない。

首をかしげながら釣り糸だらけになっている大川を眺めていると、顔見知りの一人の男が近づいて来た。

「宋庵《そうあん》先生も人魚釣りですか?」

挨拶《あいさつ》抜きに仙次は男――宋庵に話しかける。

宋庵は名医と本所深川どころか江戸府中でも評判の町医者であり、同時に、流行病《はやりやまい》で早くに父母を亡くした仙次の父代わりのような男である。

宋庵には、お由有《ゆう》という仙次より二つ三つ年下の娘がおり、〝本所深川小町〟などと呼ばれている。

「釣りなんぞしている暇はないよ」

宋庵は苦笑する。

聞けば、大川の茶屋に長患《ながわずら》いの病人がいるという。お人好しの宋庵らしく、病人を診るだけでは飽き足らず、娘のお由有に人出の足りなくなった茶屋を手伝わせているらしい。

「商売繁盛ですね」

と、お決まりの趣味の悪い軽口を叩きかけたとき、不意に、仙次は視線を感じた。

——誰かに見られている。

さがすまでもなく、視線の主が仙次の目に飛び込んで来た。

大川堤《おおかわづつみ》の上に一人の子供が立っていた。

真っ黒な着流しに、黒い手ぬぐいで鼻から上を隠すようにしている八つか九つくらいの子供が仙次のことを見ている。

その子供にだけは、お天道《てんとう》様の光が届いていないように見える。

黒い手ぬぐいで目が隠れているため、子供が何を考えているのか、さっぱり分からない。何のつもりで大川の騒ぎを見ているのか想像もできない。いや、子供は大川の騒ぎなど見ていない。子供が見ているのは仙次だ。黒手ぬぐいで目を隠しているのに、仙次はその子供の視線をひしひしと感じていた。

子供はほんの少し黒い手ぬぐいを押し上げた。子供の目が白昼の下に露《あらわ》になり、仙次とその視線が絡み合った。

仙次の口から言葉が零《こぼ》れ落ちる。

「三つ瞳《め》の黒瓦版売り」

気づいたときには仙次の足が動いていた。

「これ、仙次、どこへ行く」

駆け出しかけている仙次の背中に宋庵の声が飛んで来た。仙次は振り返り、宋庵の顔を見た。

宋庵が怪訝《けげん》な顔で仙次を見ている。仙次はその子供のことを宋庵に話そうとするが、上手《うま》く言葉が出て来ない。

それでも言葉を押し出すように、

「三つ瞳の黒瓦版売りが……」

と、再び、大川堤を見上げたときには、すでに黒い手ぬぐいの子供は消えていた。

——幻なのだろうか。

仙次には分からない。

2

千代松《ちよまつ》は、今から百年ほど昔、播州《ばんしゅう》加古川《かこがわ》の北東にある在升田《ざいました》新田《しんでん》出河原《でがら》村で、大工平兵衛《へいべえ》の一人息子として生まれた。

播州のせがれの名が、百年の歳月を経て、遠く本所深川の仙次のところまで鳴り響いているのには訳がある。

数十年前、千代松の名が江戸中の瓦版を賑わした。

——三つ瞳の異童子。

これが千代松につけられた二ッ名だった。千代松は生まれながらに常人と違った身体を持っていた。身体つきそのものは小柄な子供であったし、顔立ちも平安のころの美童を思わせるほど整っていたが、その目が異様であった。

すなわち、常人であれば眼球に一つしかないはずの瞳が三つあるのだ。

大工の息子に生まれたのだから、大工の修業をし父の跡を継ぐのが普通であろうが、千代松の父は酒と博奕《ばくち》で身を持ち崩しており、借金も嵩《かさ》んでいた。名ばかりの大工で、地元の連中の目には破落戸《ごろつき》のように映っていた。

千代松は八歳のときに見世物小屋に売られてしまう。

「たいした銭にならなかったぜ」

と、千代松の父は零していたというが、それもそのはずで、三つ瞳というだけで蛇女のように目立つ姿《なり》をしているわけでもない。

実際、見世物小屋に買われた当初は、まるで人気がなかったという。遠目では、ただの子供にしか見えないのだから、木戸銭《きどせん》を払ってまで見に来るはずがない。そのころ、千代松は見世物小屋の主人に疎《うと》まれながら、掃除や他の因果者の世話という雑用仕事をやっていたらしい。

しかし、十年二十年の月日が流れるころには、千代松は見世物小屋ですっかり人気者となっていた。

そろそろ三十歳になろうというのに、千代松は八歳の見かけのまま、ちっとも年を取らないのだ。

古今東西、人は不老不死に憧れるようにできており、年を取らない三つ瞳の異童子は持て囃《はや》された。さらに千代松は〝千里眼〟を披露《ひろう》した。

それも、ただの千里眼ではない。

どんなからくりがあるのか術を使っているのか知らぬが、千代松の千里眼は人々に幻を見せるのだった。

例えば、明日の天気を大雨と言い当てるとき、千代松の声を聞いた観客の目の前には大雨の景色が広がるというのだ。評判にならぬ方がどうかしている。

評判を取った化け物の常として、千代松は見世物小屋を転々とした。物と同様に、高い値がつけば売られてしまうのが見世物の運命《さだめ》でもあった。京の都、大坂と巡った後に、江戸の浅草へやって来ていた。

このころになると、もはや千代松の年齢《とし》を知る者はいなかった。

見世物商売に誇張や虚言はつきもので、見世物小屋の主人の気分一つで、千代松は七つになったり八百歳になったりするのだ。

千代松本人も、おのれの年齢を数えていなかったのかもしれぬ。

そして、ある日、江戸中の瓦版を千代松の名が埋め尽くす事件が起こる。

千代松を抱えていた浅草の見世物師が殺され、貯め込んでいた銭も残らず消えてしまったというのだ。しかも、千代松と同様に見世物にされていた連中も姿を消した。

「千代松のしわざに違《ちげ》えねえ」

瓦版に書かれ、江戸にまでその噂が及んだが、事件があった日を境に千代松は闇に姿を消してしまう。

見世物にされていた〝怪物〟と呼ばれる連中と山奥で暮らしていると言う者もあったが、どこまで本当のことなのか分からない。

仙次が九つ、つまり、二親を流行病で立て続けに亡くした年の話である。野分《のわけ》のころ、本所深川に不思議な瓦版売りが姿を見せた。その瓦版売りが三つ瞳の童子であるという噂が流れた。

それから歳月が流れたというのに、いまだに年寄り連中の昔語りで、三つ瞳の童子・千代松の話は伝わっている。本当のことなのか確かめる方法もないが、その姿は年寄り連中の語る千里眼の千代松そのものだった。

千代松は額に深く巻いた黒い手ぬぐいで目を隠し、仕立てのいい漆黒《しっこく》の着物で瓦版を売り歩くのだ。そのためか、千代松の顔を知る者はいない。

「ここに不幸があるよ。妖しや怪しの瓦版。他人の災難、蜜の味」

と、千代松の暗い声を聞いた者も多い。

ときおり、闇吉《やみきち》、飛太《とびた》と呼ばれる千代松より背丈の低い軽業師《かるわざし》のような子供が姿を見せ、客寄せに、くるりと蜻蛉《とんぼ》返りをして見せたり、片手で逆立ちして見せたりしている。見事な軽業を目あてに黒瓦版を楽しみにしている町人たちも多かった。

江戸田舎の本所深川ということで、お目こぼしされているものの、本来、瓦版売りはお上に嫌われているもの。深編み笠で顔を隠している瓦版売りも少なくなく、ちんぴら破落戸そのままの連中もいる。

そんな連中が、派手に瓦版を売る千代松たちを放っておくわけがない。五人六人と徒党を組んで、人目のない真夜中に、本所深川から追い出そうと千代松たちに襲いかかったという。

しかし、本所深川から消えたのは千代松ではなく、ちんぴら破落戸《ごろつき》どもであった。

「あいつに殺されちまったんじゃねえか」

死体など大川に沈めてしまえばいい。町人たちは囁《ささや》き合っていた。

噂など、どこ吹く風。

千代松は涼しい顔で瓦版を売り歩いていた。

ちなみに、千代松の瓦版が〝黒瓦版〟と呼ばれているのは、千代松の黒色の衣装ばかりが理由ではない。

千代松は好んで人の死ばかりを瓦版にするのだった。

もちろん、嫌な話であるが、千代松の売り口上にあるように、〝他人の不幸は蜜の味〟というだけあって、瓦版ばかりでなく、色々な連中が金儲けのタネとした。

ことに流行病には確たる治療法もなかったため、食べ物や薬、はては護符を売り歩く連中は真砂《まさご》の数ほどもいた。

溺れる者は藁《わら》をも摑む。

流行病が流行れば流行るほど、いんちき商売が幅を利《き》かせた。

そんなわけだから、流行病を金のなる木のように言う者も一人や二人ではない。

不幸を売り歩く瓦版売りの中でも、千代松が際立って噂になり、江戸中の人々から嫌われているのは、これから起こる不幸を瓦版にするからであった。明日どころか何年先に誰が死ぬのか千代松には見えるらしい。

「八卦見《はっけみ》じゃあるめえし」

と、最初のうちは誰一人として千代松の瓦版を信用しなかった。千代松の千里眼を知っている者もいたが、見世物小屋のろくろ首や一つ目小僧と同じ作り事と思っていたのだろう。

それでも、子供が瓦版を売って歩くのが珍しいのか、半年先の不幸を知りたいのか飛ぶように売れた。

良識のある大人たちは黒瓦版を嫌い、子供たちの目に届かぬように気をつけた。仙次の二親も黒瓦版を嫌い、奉公人たちにもこれを読むことを禁じていた。

黒瓦版を見るはめになったのは、千代松が仙次に話しかけたからだった。

二十歳を間近に控えた今でこそ、「極楽とんぼ」だの「穀潰《ごくつぶ》し」だのと怠け者の代表のように言われている仙次だが、子供のころから、のらくらしていたわけではない。

今の仙次を知る者は誰一人として信じやしないだろうが、子供のころの仙次は「馬鹿」がつくほど真面目であった。

〝つばめや〟を継ぐのは兄・津吉郎と決まっているが、どこぞに〝つばめや〟の支店を出し、そこを仙次に任せるという話がちらりほらりと出ていた。仙次にも異存はなかった。

——支店であろうと主人となるのだから、読み書き算盤《そろばん》くらいはできないと恥ずかしい。

仙次は幼心にそんなことを考えていた。

もちろん、仙次が熱心に寺子屋に通う理由は、商人としての自覚ばかりではなかった。古今東西、老若を問わず男が額に汗して働く理由はたいてい同じである。

「お由有ちゃんと一緒になって、〝つばめや〟の支店をやっておくれよ」

父の言葉を思い出すたび、仙次の胸はほっこりと温かくなるのだった。

——お由有を嫁にもらう。

仙次とお由有、それに辻風《つじかぜ》道場の梶之進《かじのしん》を加えた三人組は、おむつが取れるか取れないかというころからの付き合いだった。

お由有のことを考えるたび、仙次の胸はきゅんと痛んだ。ませたことに、小遣いを貯めて、お由有のために簪《かんざし》を手に入れたこともあった。その簪はお由有に渡せぬまま、いまだに〝つばめや〟の箪笥の抽斗《ひきだし》で眠っている。

幼馴染みの梶之進もお由有のことを嫁にすると言っているが、仙次は梶之進に負けるつもりはなかった。乱暴者の梶之進より自分の方がお由有に相応《ふさわ》しいに決まっている。

「ずっと、お由有と一緒に暮らすんだ」

と、周囲に人がいないときに、そっと呟いてみたりした。

3

その日、九つの仙次は寺子屋からの帰り道を一人で歩いていた。遊び仲間の梶之進とお由有の姿はない。

梶之進は剣術修行のためと称して寺子屋を辞めてしまったし、お由有は女師匠のやっている寺子屋へ通っている。

江戸田舎と言われる本所深川のことで、〝つばめや〟に帰るまでには、ひとけのない雑木林の繁る通りを抜けなければならない。

中でも、朱引き通りの先、古道具屋近くの雑木林には、「ケケケッ」と笑う悪い狐の化け物が出るともっぱらの噂で、仙次も何度かその笑い声を聞いている。

誰にも言えないことだが、仙次はお天道様が見えなくなってしまう朱引き通りの雑木林が苦手だった。

できることなら一人で歩きたくない。

父に言えば〝つばめや〟の奉公人の一人も付けてくれるだろうが、それも情けない気がして言い出しにくい。裕福な商人の息子であるが、仙次はお供をつけるのが好きではなかった。

結局、毎日のように、仙次はたった一人で朱引き通りの雑木林を、早足で通りすぎることにしていた。

しかし、この日にかぎっては足早に通り抜けることができなかった。

通りすぎる寸前、いきなり背中に声をかけられたのだ。

「仙次さんだろ？」

聞きおぼえのない声だったが、狐ではなく人の声に聞こえる。

「聞こえないのかい？」

声は呼びかけ続ける。

嫌な予感がしたが、名を呼ばれて無視することはできない。仙次は、おそるおそる振り返った。

小柄な子供が一人、ぽつんと立っている。見かけたことのない子供のように思える。さっき通りすぎたときには誰もいなかったはずなのに、その子供は何年も前から朱引き通りの雑木林にいるような様子をしている。

背丈からは仙次と同じくらいの年齢に見えるが、何のつもりなのか分からぬが、目を隠すように黒い手ぬぐいを鼻から上に巻いていた。さらさらと女のように長い黒髪をなびかせている。しかし、仙次には子供の目が見えず、どうにも不気味である。

仙次の戸惑いをよそに、黒い手ぬぐいの子供は口を開く。

「千代松」

「え?」

「おいらの名前」

聞いてもないのに、黒手ぬぐいの子供——千代松は名乗った。

大商人の家に育った仙次は、町の噂話に精通している。すぐに目の前の子供が誰なのか分かった。

「ええと、瓦版売りの——」

何となく〝三つ瞳〟や〝黒瓦版〟という言葉は口にしない方がいいように思えた。お上の目の届きにくい本所深川の外れということもあり、勝手気ままにしている連中も多いが、瓦版売りは誉められたことではない。

千代松は言葉を続ける。

「三つ瞳の黒瓦版売り、鬼通りの千代松」

冷めた口振りで言うと、目を隠している黒い手ぬぐいをほんの少しだけ上にずらして、素顔を仙次に見せつけた。

人形のように整った素顔があらわになる。

しかし、仙次の気を引いたのは、千代松の整った顔ではなく目玉だった。

三つ瞳。

普通の人には瞳孔は一つしかない。しかし、噂通り、千代松の目玉には三つの瞳孔がある。

その異形の瞳で、千代松は仙次のことを覗き込むように見つめている。

ひどく居心地が悪い。

「そろそろ帰らないと……」

仙次は言い訳のように言った。いつの間にか、仙次の口中は乾き切っており、その口から飛び出した言葉も掠《かす》れている。

一刻も早く逃げ出したいのに、千代松の三つ瞳から目を離せずにいた。三つの瞳の中に怯《おび》えた顔の仙次がいる。

千代松は、再び、仙次に話しかけて来た。

「みんな死んじまうよ」

「え？」

千代松は懐から瓦版の束を取り出すと、慣れた手つきで捲《めく》り上げ、やがて一枚の瓦版を取り出した。

刷ったばかりなのか、煤《すす》けたような墨のにおいが鼻につく。

「ここに不幸があるよ」

くすりと笑うと、千代松は仙次に瓦版を差し出した。仙次の知っている瓦版とは、まったく別物に見える。

身体が棒のように固まり、仙次は瓦版を受け取ることができない。

「不幸が怖いの？」

千代松は聞いて来る。仙次は返事をすることができなかった。不幸も黒瓦版も、そして、千代松も怖かったのだ。

「黒瓦版を見ても見なくても、仙次さんに不幸はやって来るよ」

気づいたときには、黒瓦版を手にしていた。

いつ手渡されたのか、まるでおぼえがない。

呪文のように千代松は言う。

「見てごらんよ」

目を落としたとたんに、仙次は見たことを後悔した。

黒瓦版には、稚拙な絵と文字で、今から半年後に仙次の父母が流行病《はやりやまい》で死ぬことが書かれていた。

「こんなの嘘だ」

と、千代松を怒鳴りつけてやったつもりなのに、実際に口から出た言葉はひどく小さく、仙次自身の耳にも届かぬほどだった。

しかし、千代松の耳には届いたらしい。

千代松は笑うと仙次に言った。

「嘘なんかじゃないよ。仙次さんだって、黒瓦版に書いてあることが嘘じゃないって知っているだろう?」

――知るもんか。

そう言ったつもりなのに、声が出て来なかった。

「もう一枚、黒瓦版はあるよ、仙次さん」

千代松は言葉を続ける。

――もう見たくない。不幸なんて知りたくない。不幸なんて嫌いだ。

頭を駆け巡るだけで、言葉にはならなかった。そんな仙次の頭の中を千代松は覗き込む。

「不幸を嫌うなんて、おかしいよ、仙次さん」

千代松は笑う。仙次には千代松の言葉の意味が分からない。

「だって、仙次さんの家は流行病で儲《もう》けてるじゃないか」

千代松の言葉が仙次の胸に突き刺さる。千代松の言葉は嘘ではなく、流行病のたびに〝つばめや〟の身代は大きくなっていた。これまで考えたことさえなかったが、仙次の家は不幸を願う商売なのだ。

「あれ？　信じちゃったの？　仙次さんは素直だなあ」

千代松の声が遠くから聞こえる。

膝ががくがくと震え、立っていることさえ辛くなった仙次の前に千代松は、続けて何枚かの黒瓦版を差し出した。

「ここに仙次さんの不幸があるよ」

見たくもないのに、黒瓦版に並んだ文字と絵に目が吸い込まれて行く。

千代松の差し出した黒瓦版の一枚目には、お由有と夫婦《めおと》になった仙次の姿が描かれていた。

ぺらりめくると、二枚目の瓦版ではお由有が泣いている。震える手で三枚目の瓦版を見ると、お由有の葬式の絵が描かれ、仙次は岡っ引きに下手人として縛られている。

「こんなの嘘だッ」

仙次の口から飛び出したのは悲鳴だった。

「仙次さんが殺したんだね」

千代松の声が聞こえた。

「嘘だあああッ」

いっそう大きな悲鳴を上げながら、仙次は黒瓦版を細かく引きちぎった。何度も何度も、力のかぎり引きちぎった。

しかし、どんなに黒瓦版を細かく破っても、お由有の死に顔は仙次の脳裏《のうり》から消えなかった。

黒い桜吹雪のように舞い上がる黒瓦版の破片の中で千代松は言った。

「おいらは何でも知ってるよ」

大川の人魚騒動

1

もう半日も釣り糸を垂らしているのに、人魚の「に」の字も見えやしない。

ぽかぽかと暖かい大川岸で、本所深川にその名を轟《とどろ》かせる辻風道場の若先生・梶之進は欠伸を嚙み殺していた。

大川で人魚が釣れるという眉唾ものの噂を聞いた鬼一《きいち》じいさんに引っ張られて、梶之進は大川にやって来たのだった。

鬼一じいさんというのは本所深川の外れに住む年寄りで、何をやって暮らしているのか分からぬが、梶之進でさえ一目も二目も置く剣術使いである。

梶之進は鬼一じいさんのことを勝手に「師匠」と呼んでいる。ちなみに、早くに父を亡くした梶之進の剣術はほぼ自己流で、鬼一じいさんどころか誰からも剣術を習ったことはない。

寂《さび》れた庵《いおり》に住む老剣客というと、何やら世を捨てた仙人のように聞こえるが、それは大きな間違いである。この鬼一じいさんは俗気《ぞくけ》の塊だった。

梶之進だって師匠のことを悪く言いたくはないが、銭もないくせに他人《ひと》にたかって大酒は飲むし、若い女を見れば鼻の下を伸ばす。弟子の目から見ても、ろくでもないじいさんであった。

——それにしても釣れぬ。

大川で人魚が釣れてたまるかと思いながらも、ぴくりとも動かぬ釣り竿に梶之進は苛々《いらいら》する。

人魚と言わぬまでも、鮒《ふな》の一匹でも釣れれば退屈しのぎになろうが、それさえも釣れやしない。

それもそのはずで、大川中が人だらけなのである。

大川には真砂《まさご》の数の人だかりができている。言うまでもなく、この連中は鬼一じいさんと同様に、人魚を釣りにやって来たという。

人魚の血肉を口にすると不老不死になるという話は、古今東西、どこにでも転がっている。

人というものは、若いときより老いてからの方が不老不死を求めるようにできているのか、大川に釣り糸を垂らしているのは、ほとんどが年寄りだった。

「人がゴミのようだのう」

と、大川に集まったゴミの一つである鬼一じいさんも言っていた。

人魚どころか鮒だって、釣り糸だらけのところには近寄らないだろう。

鬼一じいさんをはじめ年寄り連中は退屈を退屈とも思わぬのか、魚の鱗一つ見えない大川に釣り糸を垂らし続けている。若いということもあって、今のところ不老不死に興味の欠片《かけら》もない梶之進は退屈で仕方がない。そもそも、梶之進は普通の釣りでさえ、退屈で我慢できぬ性分の男である。

退屈のあまり鬼一じいさんに話しかけても、

「しゃべるでない。人魚が逃げてしまう」

と、相手にしてもらえない。

仕方なく梶之進は再び釣り糸を垂らし、面白くも何ともない大川の水面《みなも》に目をやる。相変わらず、釣り糸はぴくりとも動かない。暖かい風が頬を撫で、大川の水面は穏やかに流れて行く。

さらに、四半刻がすぎたころ梶之進の中で何かが、ぷつりと切れた。

「釣れぬッ、釣れぬぞッ」

鬱憤《うっぷん》が怒声となって口から飛び出した。

釣り糸を垂らしている年寄り連中の咎《とが》めるような視線が集まっていることに気づいたが、梶之進の言葉は止まらない。

「大川に人魚などいるものかッ」

喚《わめ》き続けていると、鬼一じいさんの声が飛んで来た。

「静かにせぬか、梶之進」

「しかし――」

「しかしも綿菓子もないわ。釣りというものは、静かにやるものだ」

これまで釣りなんぞしたことがなかったくせに、鬼一じいさんはいっぱしの釣り人のような口を利く。

怖い者知らずの梶之進であったが、生涯を剣術修行に捧げている一本気な性格だけあって、自分より剣術の強い鬼一じいさんには逆らいにくい。

それでも大川なんぞにいるはずもない人魚釣りに付き合わされるのは納得できず、梶之進は口を尖らせた。

「でも、先生——」

「男のくせに、〝しかし〟だの〝でも〟だのと言うでない」

鬼一じいさんは大げさに顔を顰《しか》めると、いつも連れて歩いている小汚い野良猫を指さした。

「梶之進、おぬしも猫ノ介を見習ったらどうだ？　文句一つ言わず、釣りをしておる」

「ぬ？」

見れば、やけに澄ました猫が鬼一じいさんの隣にちょこんと座っている。しかも、面妖なことに、長い尻尾に釣り糸をつけ、絵草子《えぞうし》や御伽話《おとぎばなし》の猫のように釣りをしている。

もとより猫である猫ノ介が人語で文句を言うはずもないが、梶之進へのあてつけとばかりに、鬼一じいさんは猫ノ介を褒《ほ》め立てる。

「猫ノ介はわしの一番弟子だけあって肝が据わっておる」

「にゃん」

鬼一じいさんの言葉が分かるのか、猫ノ介が返事をする。気のせいか、野良猫風情《ふぜい》のくせに、梶之進を見下しているように見えぬこともない。

梶之進は、生意気な猫ノ介を睨みつける。

「おのれ、猫の分際《ぶんざい》でふざけおってッ」

自分を差し置いて、野良猫風情が鬼一じいさんの一番弟子になっているのも気にくわない。

怒り狂う梶之進を尻目に猫ノ介は、ぴょこぴょこと尻尾を動かし、人魚釣りを楽しんでいるように見える。ときおり梶之進を見る目が冷ややかなのは気のせいばかりではあるまい。

――我慢の限界であった。

人魚釣りなんぞしている場合ではない。小生意気な野良猫と白黒つけなければ、剣士としての、いや男としての沽券《こけん》に関わる。

「猫ノ介、刀を抜けッ」

梶之進は武士らしく、正々堂々と決闘を申し込んだ。しかし、猫ノ介は「ふにゃあ……」と欠伸をするばかりで梶之進のことを見ようともしない。明らかに、梶之進のことを馬鹿にしている。

ますます梶之進は頭に血がのぼる。

「刀を抜けと言うのが分からぬのかッ」

大川中に梶之進の怒声が響いた。

「――相変わらず馬鹿な梶之進だねえ」

気の抜けた風船みたいな声が背中から聞こえた。

わざわざ振り返らなくとも誰がやって来たのか分かる。こんな間の抜けた声の若者は滅多にいない。少なくとも梶之進の知り合いに一人しかいなかった。

「うるさいッ。黙れ、仙次ッ」

と、怒鳴りつけてやった。

「梶之進の方がずっとうるさいよ」

生意気な口を叩きながら姿を見せたのは、本所深川一の薬種問屋〝つばめや〟の次男坊・仙次だった。

家に金が腐るほどあると、人も腐ってくるようで、仙次ときたら二十歳前のいい若い男《もの》のくせに働きもせず、ふらふらと遊び暮らしている。

俗に「飲む・打つ・買う」というが、野暮助《やぼすけ》の仙次はそんな気の利いた遊びはしない。狐や狸の化け合戦やら美少女幽霊の恋愛話といった、子供騙しの眉唾瓦版を売って歩くのが趣味であった。

君子、怪力乱神を語らずというが、君子ではない江戸っ子たちは不思議な話に目がない。化け物を見せて銭を取る見世物小屋は繁盛し、瓦版には妖怪や幽霊の話が溢れている。もちろん眉唾もののインチキばかりである。

もちろん、瓦版を買う江戸っ子だって馬鹿ではない。

瓦版の化け物を信じているわけではなく、暇潰しの絵草子代わりに買っているのであるのだから、何の問題もない。

一方、仙次の売る瓦版は問題だらけであった。

化け物話ばかり刷るくせに、それが偽物と分かると二度と取り上げようとしないのだ。

当然のごとく、真偽などどうでもいいから派手な化け物話を読みたいという江戸っ子たちは見向きもしない。

子供時分から行き来している梶之進にも、この極楽とんぼの考えていることは、とんと分からなかった。

「おぬし、何しに来た？」

梶之進は仙次を睨む。

「おまえと一緒だよ、梶之進」

仙次ときたら、欠伸なんぞしている。

「一緒だと？」

――猫ノ介退治の助太刀に来てくれたのだろうか。

以心伝心ではないが、付き合いが長いと考えていることが伝わるらしい。持つべきものは友である。梶之進は仙次に感謝の眼差《まなざ》しを投げかける。

ふにゃりと笑うと、仙次は言った。

「人魚釣りだよ、本当に馬鹿な梶之進だねえ」

見れば、仙次は釣り竿を担いでいる。

実のところ、梶之進はすっかり人魚のことなど忘れていた。

再び、「ふにゃあ」と猫ノ介が欠伸をした。どうあっても梶之進を愚弄《ぐろう》するつもりらしい。

今すぐにも猫ノ介を成敗してやりたいところだが、確かに、こんなところで決闘をはじめては迷惑であろう。

「猫ノ介、場所を変えて決着をつけようぞ」

と、誘った。

梶之進に恐れをなしたのか、猫ノ介は川岸から動こうとしない。丸くなって眠っているように見える。

これでは決闘どころか喧嘩もできない。

「きさま、それでも武士かッ、腑《ふ》抜《ぬ》けめッ」

と、怒鳴りつけてやった。

「少し、静かにせえ。人魚が逃げてしまうではないか」

鬼一じいさんが渋い声で言う。真面目な顔をしているところを見ると、本気で大川に人魚がいると思っているらしい。

これがそこらのじいさんであれば、重ねて二つにしてやるところだが、相手が鬼一じいさん相手では逆に重ねて二つにされかねない。

「すみません」

梶之進は素直に謝った。納得できぬが、師匠の言葉は絶対である。師匠が「白い」と言えば、カラスだって白いのだ。

仙次ときたら、人魚釣りに来たと言っているくせに、釣り糸を垂らそうとせず、大川堤や川の近くのそこらを歩き回っている。

人魚釣りにうんざりしていた梶之進も、釣り竿を放り出し、退屈しのぎに仙次の後をついて回った。歩いても歩いても、年寄り連中が大川に釣り糸を垂れている。

「ずいぶん、たくさん人がいるねえ」

自分だって、そのうちの一人のくせに仙次は感心している。

「人魚釣りなど馬鹿馬鹿しい」

梶之進は仙次相手の気安さから本音を口にする。

「馬鹿馬鹿しいかい？」

仙次が真顔で聞き返す。

この男の真顔を見るたび、梶之進はそれこそ馬鹿にされているような気分になる。仙次のことだから、本当に梶之進のことを馬鹿にしている可能性もある。猫ノ介より先に、仙次を成敗すべきなのかもしれぬ。

「仙次、おぬしは本気で大川に人魚がいると思っておるのか？」

梶之進は聞いてみた。

「さあ、どうかねえ」

仙次は気のない返事をする。いつだって、仙次はこんなふうに人を二階に上げておいて梯子《はしご》を外すのだ。

「いるわけなかろう」

梶之進は断言すると、夏祭りの夜のように人だかりしている大川堤を見回す。滅多に客のいない冴えない老夫婦のやっている大川堤の茶屋まで、人が押し寄せていた。酔狂なことに、時とともに人だかりが増えているようである。

この茶屋の婆さんは病気で寝ついており、宋庵の患者となっていた。人手不足の茶屋の手伝いを娘のお由有がしている。言ってしまえば、手伝いが必要なほどに、茶屋は繁盛しているのだ。

「そんなに暇を持て余しておるのか。怠け者ばかりだな」

梶之進はため息をつく。梶之進だって、ろくに門弟《もんてい》のいない貧乏道場をやっているだけで、稽古をしている以外は暇を持て余しているが、ここでは言わないことにした。

仙次は梶之進の言葉に同意しない。役者のように形のいい眉を片方だけぴくりと上げると首を振る。

「怠け者じゃないよ、梶之進――」

と、何やら仙次が言いかけたが、続きの言葉は聞きおぼえのある娘の悲鳴にかき消された。

「やめて下さいッ」

聞こえて来たのは、梶之進と仙次の幼馴染みのお由有の悲鳴であった。見れば、茶屋の店先あたりで、ちんぴららしき若い男どもにお由有が囲まれている。

「お由有ッ」

梶之進は大川中に響き渡るほどの大声を上げると、お由有を助けるべく一目散に駆け出した。

――お由有を助けるのは自分だ。

梶之進は確信していた。

ちらりと後ろを見ると、仙次は駆け出してこそいるものの、梶之進より一歩も二歩も遅れている。のらりくらりと遊んでいる仙次が、鍛え抜かれた梶之進に追いつけるはずはない。

「仙次、拙者に任せておけ」

梶之進は言ってやった。

しかし、梶之進を二つの鉄砲玉が追い抜いて行った。

「ぬッ」

唸ってみたところで、鉄砲玉は止まらない。気づいたときには、二つの鉄砲玉は梶之進のずいぶん先を走っている。

鬼一じいさんと猫ノ介である。

さっきまで、呑気《のんき》に釣り糸を垂らしていたはずなのに、絵草子の忍びのように人ごみの中をするすると駆けている。

図体《ずうたい》のでかい梶之進はお世辞にも身が軽いとは言えない。人ごみに邪魔され満足に走ることもできなかった。

はるか先で、鬼一じいさんが刀を抜き、猫ノ介が爪をにょきりと出している。このままでは梶之進の出番がなくなってしまう。

「お由有ッ」

梶之進の声は悲鳴に近かった。

案の定、お由有のところに梶之進が辿り着いたときには、とうの昔に何もかもが終わっていた。

鬼一じいさんと猫ノ介にやられたのか、這々《ほうほう》の体で逃げて行く男どもの背中が見えただけである。

しかも、襲われかかったお由有を気づかうように、年寄り連中が一人、二人、三人……と集まって来ている。まるで我が孫でも見るような目つきで、お由有のことを労《いたわ》るように見ている。もはや、梶之進の出番はないようだ。

「何があったのだ、お由有?」

すっかり乗り遅れた梶之進は不貞腐《ふてくさ》れ気味に嫌々聞く。

「分からないわ」

困ったように、お由有は呟いた。分からなくともおかしくはなかろう。若い娘と見れば、ちょっかいを出す破落戸どもなのだ。野良犬が餌を食うのと同じで、破落戸どもごときにたいした理由がなくとも驚かない。それなのに、

「ふうん」

いつの間にかやって来ている仙次が不思議そうな顔を見せた。なぜか、仙次ときたら、お由有を心配している素振りも見えない。

——何かがおかしい。

お由有の悲鳴を聞いたときも、仙次はすぐに駆け出そうとしなかった。しかも、今だってお由有を気遣うより先に、鬼一じいさんにお由有を襲った男どもの様子を聞いている。

格好つけているつもりなのか涼しい顔をしているが、仙次がお由有に惚れていることは三軒先の三毛猫だって知っている。

いつもであれば非力な仙次のくせに出しゃばって、わあわあと騒ぎ立てるところである。

「ずいぶん冷静だな、仙次」

梶之進は言ってやる。こやつの涼しい顔ほど気に入らぬものはない。

「騒いだって、うるさいだけじゃないか」

と、仙次は小憎らしい。やはり、友として殴ってやるべきなのかもしれぬ。

「お由有の身が危なかったんだぞ、分かっておるのか？」

梶之進の声は尖る。

「危なくはないよ、梶之進」

「ぬ？」

とうとう頭の大切なネジとやらが、一本だか二本だか飛んでしまったらしく、仙次は訳の分からぬことを言い出す。

「目の前で襲われたばかりであろう」

梶之進はネジを締めてやろうとする。

しかし、もう手遅れだったらしく、仙次は薄い唇で笑うと言ったのだった。

「本気で襲うつもりなら、こんな昼間に、しかも人前で襲いはしないさ」

周囲に集まった年寄り連中に、ちらりと視線を送り、仙次は訳の分からぬことを偉そうに言った。その仙次の隣で、それまでお由有のことをじっと見ていた猫ノ介が「にゃん」と鳴いた。

2

人の噂も七十五日というように流行廃り《はやりすた》は世の常である。ことに人魚のような妖怪話は飽きられるのも早くできている。大川の人魚騒動もずいぶん静まり、このまま放っておけば、そのうち消えてしまうはずであった。

例えば、仙次などはもう飽きてしまったのか大川に近寄りもしない。瓦版すら刷らなかったところを見ると、まるで興味を無くしてしまったらしい。

「いい加減な男だ」

と、仙次に言ってやったが、実のところ、梶之進も人魚のことなど忘れていた。食えもしない人魚などどうでもいい。

「来月か再来月には、みんな忘れてるんじゃないのかねえ」

仙次も言っていた。

しかし、人魚騒動が風化する前に、火に油を注ぐ事件が大川で起こった。武士の死体が大川に浮いたのだった。

町人だけでなく、武士までもが不老不死の人魚を目あてに、毎日のように大川まで通っていたというのだ。

「武士が人魚釣りとは世も末だな」

梶之進は顔を顰《しか》める。自分が釣り糸を垂らしていたのは忘れることにした。

「殿様の命令だとさ」

仙次は耳が早い。

「そんなアホウな命令なんぞあるものか」

「本当のことだよ、梶之進」

聞けば、死んだのは参勤交代で江戸詰している海里《うみさと》藩の藩士だという。

「馬鹿殿の藩か」

梶之進は吐き捨てるように言った。

海里藩とは、江戸で評判の馬鹿殿《ばかとの》・安達斎正《あだちなりまさ》のいる、西国の小さな藩である。天下泰平の世の中では、有能な藩主など政《まつりごと》の邪魔でしかない。下手に才気のある藩主を頂いて、幕府に警戒されることを各藩は恐れている。

槍一本で天下を狙う戦国時代は、はるか昔のこととなり、各藩は幕府の鼻息に耳をそばだてて日々を送っている。先祖代々の禄を減らさぬようにきゅうきゅうとしていた。幕府は幕府で、徳川の邪魔になりそうな家を次々と取り潰していた。無害であることが幕府に睨まれぬ秘訣でもある。

「武士なんてアホウなものだよ」

大商人の次男坊だけあって、仙次は武士相手だろうと遠慮がない。今の世の中、刀よりも算盤《そろばん》の方が強いことくらい子供でも知っている。

仕官しているわけでもないのに侍のつもりでいる梶之進としては文句を言ってやりたいところだが、世の中を見渡せばあながち仙次の言うことも間違ってない。

本来、主君を守るために命をかけるのが、武士というものであるはずであろうと梶之進は思う。だからこそ、日々の鍛錬を怠ってはならぬのだ。

しかし、ここまで平和になってしまうと、命をかけることなどあるわけがなく、刀など無用の長物となり果てている。

結局、たいていの武士は上役に媚び諂《へつら》うことが仕事のようになってしまった。藩主の機嫌を取るために、一人前の武士が、町人に混じって大川で人魚釣りに精を出しても不思議はない。

「下らぬものだな」

大の男が一日中釣り糸を垂らしている姿が思い浮かんだ。

3

世の中の役に立たぬ馬鹿殿の藩の武士であろうが、町場で死ねば人が動く。自分の縄張りで武士に死なれた岡っ引きは迷惑そうであった。

「面倒くせえことですよ」

本所深川一帯を縄張りにしている〝簪の芳次《よしじ》〟と呼ばれている若い岡っ引きが眉を顰める。

岡っ引きというのは幕府の役人ではなく、八丁堀の与力や同心が身銭を切って雇っている町人である。そのため、岡っ引きとして町の治安を守っていても、たいした金をもらえず、たいていは食うための正業を持っている。

二ッ名の通り、芳次の正業は簪職人であった。まだ二十五、六と若いが、職人としても岡っ引きとしても腕は悪くない。町人に嫌われがちな岡っ引き稼業であるのに、鼻筋とか分からない。ただ、好いた女と死に別れになっているということは本当のことらしい。

町の噂によれば、ほんの一時期、荒れていたこともあるようだが、どこまで本当のこ

の通ったいなせな男振りの芳次を見て、惚れてしまう町娘も多かった。

この日、芳次は燕の簪を〝つばめや〟に届けに来たついでに、裏庭に顔を出したのだった。自然と大川の武士の死の話になる。

暇を持て余した梶之進も、仙次と一緒に裏庭でのたくっていた。

「大川の一件は、人に殺されたんですか？」

仙次は芳次に聞く。まるで、人以外に犯人がいるような口振りである。

「猫にでも殺されたと思ったのか？」

あえて人魚とは言わず、聞いてやる。

「猫ねえ……。三つ瞳も猫の仲間なのかねえ……」

仙次は独り言を呟いている。

仙次が何を言いたいのか、梶之進にはとんと分からない。

梶之進と仙次のやり取りを聞いて、芳次はいっそう顔を顰める。

芳次が顔を顰めると、いっそう男振りが上がって見える。岡っ引きなんぞより役者にでもなった方が似合いそうだ。

そう思う梶之進も、決して悪い男振りではないと言われている。ふざけ半分かもしれぬが、仙次に梶之進、それに芳次の三人を並べて〝本所深川三男《さんおとこ》〟と呼ぶ娘もいるくらいだ。三人並べて錦絵に描きたいという頭のおかしな絵師も、江戸には、ちらほらといた。

「それがですね」

と、芳次は言う。

「殺しとは思えねえ按配《あんばい》でして――」

大川に浮かんだのは、もともと町人であったのを、今の藩主の安達斎正が士分に取り立て、木下弥吉郎《きのしたやきちろう》の名を与えた男であった。百姓から天下を取った男の名に似せたのは、ふざけ半分の下らぬいたずらだろう。

「色小姓ですかい？」

と、仙次が聞くが、芳次は首を振る。

平和な世では何の役にも立たぬ武士であるが、それでも士農工商の天辺《てっぺん》に立つだけあって、小藩であろうと藩主ともなれば、そこらの町人よりも、ずっといい暮らしをしている。

——女子、氏素性なく玉の輿に乗る。男子、氏素性なく玉の汗をかく。

と、言うが、見た目がよければ、男であろうと男色の相手として取り立てられることは珍しくない。

合戦のなくなった今の世では、武芸を見込まれることより、尻に惚れられることの方が多いのだ。

梶之進も仙次と同じことを思い浮かべた。

そんな二人を見て、芳次は苦笑いする。

「違いますよ。海里藩の藩主は筋金入りの女好きですよ」

男には見向きもせず、女漁りを生き甲斐のようにしているというのだ。

仙次は先を促《うなが》す。

「弥吉郎さんは、どうやって死んだんですかい？」

「それが分からねえんですよ。さっさと海里藩の侍どもが大川に浮かんだ死体を持って行きやがった」

町方に嗅ぎ回られることを武士が嫌うのは、さほど珍しいことではない。たいした身分でなくとも、町場で武士が死ぬと、その身内やら知り合いやらが揉み消すように死体を持って行ってしまう。

武士の余っている世の中のことで、幕府は隙あらば武家を取り潰そうとする。殺されたのが下級武士とはいえ、町方にうろうろされては、幕府に目をつけられかねないというわけなのだろう。

「ただ、近くで見ていたじいさんばあさんの話だと、酒をしこたま飲んでいて、居眠りして川に落ちたみてえですな」

酒を飲んで冷たい水に入ったため、心の臓が止まってしまったらしい。祭りや花見のときに、よく聞く話だ。

「ならば、一件落着でよかろう」

梶之進は吐き捨てた。

海里藩の藩主とやらも気に入らぬが、下らぬ人魚釣りとはいえ、命じられた役目の最中に酒を飲む弥吉郎を侍と思いたくなかった。死んだところで同情などする気にもなれぬ。弥吉郎の死骸が上がったとき、たまたま釣り糸を垂らしていた年寄り連中も、「ざまあみろ」と言う者はあっても、誰一人、同情していなかったという。

「一件落着といかないから面倒なんです」

芳次は整った顔をわざわざしかめる。

「いったい、何が面倒なんですか?」

仙次も怪訝《けげん》な顔をする。

縄張りだの面目だのと下らぬことを言い出せば、小藩とはいえ武家相手なので、面倒なことにもなろうが、芳次はその種の男ではない。

江戸に迷子と捨て子は多いが、芳次も本所深川に捨てられた子供の一人だった。簪職人の老夫婦に拾われ一人前になった芳次だけに、本所深川へのお返しのために岡っ引きをやっているのだろう。怠けもしなければ、袖の下も取らぬ男である。

武士が町人を同じ人と思っていないように、町人も武士とは無関係に生きている。弥吉郎のことなんぞ忘れてしまえばよい。

そもそも町方は武士の犯罪には手を出さない。

芳次にしても犯人さがしをしているわけではなく、後始末をしているだけなのかもしれぬ。

「こいつを見てくんな」

芳次はおかしな瓦版を梶之進と仙次に渡した。どこかで見た気もするが、頭をひねっても梶之進には思い出せない。

見れば、濃い鼠色《ねずいろ》の紙に墨で文字が書かれている。やたらに趣味の悪い瓦版である。

読みにくいのを我慢して、梶之進が瓦版に目を走らせると、大川の人魚騒動のことが下手くそな字で書かれている。

大川の人魚騒動
不老不死を求めし釣り人
人魚の呪いとして
お陀仏《だぶつ》となる。

「ふうむ」

と、唸ってみたものの、特に珍しい瓦版とは思えなかった。

人の不幸は蜜の味とはよく言ったもので、人の不幸ほど商売になるものはない。弥吉郎の死をおもしろおかしく書く瓦版など、いくらでもある。瓦版売りごときに、わざわざ目くじらを立ててもきりがない。

また、物見高い江戸っ子の常で、ちょいと派手な事件があると、岡っ引きの真似事をする連中は珍しくない。人殺しなんぞあった日には猫も杓子《しやくし》も、八卦見《はつけみ》のごとく犯人あてをはじめる始末だった。それを煽《あお》るように、誰それが怪しいなどと書き立てる瓦版も巷《ちまた》にはあふれている。

「続きを読めば分かりやす」

と、芳次は先を促す。

人魚の呪いは果てしない。
大川にやって来たお殿様
人魚に殺された木下様に続き
ぷかりぷかりと
大川に浮かんだよ。

「これは――」

さすがの梶之進も目を丸くする。

とんでもない内容だった。

海里藩の藩主が殺されると予告しているのだ。こんなものを自分の縄張りに撒かれては、芳次の顔が渋くなるのも当然である。

もちろん、黒瓦版で死ぬと予言された当の本人である海里藩の藩主・安達斎正が、大川に近づかなければよいだけの話だが、梶之進の知るかぎり、武士というやつは面倒くさくできている。

「騒いでおるのは海里藩であろう」

梶之進は言った。

「そんなところですね」

芳次は渋々頷く。

本来、武士というのは人を斬ることを生業《なりわい》とする者である。そのために腰に重たい刀を差している。

戦国のころまでは合戦というものがあり、武士の優劣は簡単に分かった。首を多く取った者が優れた武士なのだ。そこには理屈も何もなかった。

しかし、平和な世が訪れると、合戦はなくなり、おのずと人を斬るどころか刀を扱ったことのない武士ばかりになった。

すると、いつの間にやら、口の達者な者が持て囃《はや》されるようになり、誰も彼もが自らが肝の据わっていることを大声で捲《まく》し立てるようになる。

——おかしな瓦版ごときに怯《おび》えていては武士の名折れであるぞ。

安達斎正あたりの言いそうなことである。

「若先生は知らねえだろうが——」

と、芳次は梶之進のことを、ときどき「若先生」と呼ぶ。

「この瓦版はちょいと有名で、武家連中の間でも今回の噂が広まっちまってるんですよ」

なお悪い。

見栄っ張りの殿様がこのまま黙っているわけはない。黒瓦版なんぞ気にしていないと言いたいがために、大川にやって来るのだろう。

「面倒なことになったものだな」

ため息をつく梶之進の隣で、それまで黙り込んでいた仙次が、訳の分からぬ言葉を、ぽつりと呟いた。

「三つ瞳の黒瓦版売り」

4

江戸の町、ことに本所深川には流れ者が多い。日本橋や両国あたりで罪を犯し、江戸田舎と言われる本所深川に逃げて来る者も多かった。

流れ者らしき頬に傷を持つ四十がらみの浪人が、本所深川に姿を見せたのは、梶之進が〝つばめや〟で黒瓦版を見た数日後のことだった。梶之進の祖母・おくら婆さんのやっている飯屋〝雀亭《すずめてい》〟にやって来たのだ。

田舎からの出稼ぎや奉公先から逃げて来た半端者、臑《すね》に傷を持つ浪人者と、流れ者にもいろいろあるが、どんな男であろうと、人である以上は食わねばならぬ。見るからに安そうな場末の飯屋である雀亭だけあって、本所深川にやって来たばかりの流れ者がよく顔を出す。

梶之進が仙次と雀亭で飯を食っていると、暖簾《のれん》をかき分け、六尺はあろうかという人相の悪い男が店に入って来た。

汚れた粗末な着物を見れば、この男が金を持っていそうにないことはすぐに分かる。

もともと雀亭は金持ちの来るところではない。

梶之進と仙次のことをじろりと値踏みすると、浪人は掠れたような小声でぼそりと注文する。

「飯、酒」

その後は無言であった。

おくら婆さんも愛敬《あいきよう》を振り撒く性格ではなく、飯と酒を浪人の前に置くと台所へ戻って行ってしまった。

こうなってしまうと、梶之進と仙次もしゃべりにくい。

すっかり雀亭は静まり返ってしまった。

とうの昔に飯を食い終えていた梶之進であったが、席を立たず空の皿の前で、ぐずぐずと時間を潰していた。うらぶれた浪人の身形《みなり》を見るに、とうてい飯代を払うと思えなかったのだ。

――きっと一悶着ある。

梶之進はそう決めつけていた。

八丁堀の与力の家を実家に持つおくら婆さんであったが、どこの誰が見ても町方の家の者とは思えぬ。強いのは気ばかりで、見た目は梅干しのように冴えない。そろそろ足腰も弱り始めているだろう。

ちんぴらにしてみれば、食い逃げをしてくれと言われているようなものであろう。事実、その種のごたごたは少なくない。

しかし、梶之進の見込みは外れる。

「勘定だ」

と、浪人は袂《たもと》から一朱金を出すと、ぽんと放り投げた。

様子を見るに、袂にはまだ銭があるようだ。ごたごたはなかったが、これはこれで怪しい。

ちらりちらりと見ていたためか、浪人の方から梶之進と仙次の方に話しかけて来た。

「ものを尋ねる。答えろ、小僧」

梶之進と仙次を若輩者と侮《あなど》っているのか、ものの言いようも高飛車である。梶之進はかちんと来たが、仙次はその隣で涼しい顔で茶を啜っている。

浪人は言葉を続ける。

「芳次って男を知らぬか？」

すぐに簪の親分のことを聞いているのだと梶之進には分かった。しかし、浪人の口振りが気に入らぬ。

「本所深川も広ぇ」

とだけ答えた。実際、〝よしじ〟は本所深川に何人もいる。

「目つきの悪い男前だ。ふざけた野郎で、簪なんぞ持ち歩いてやがる」

芳次が簪職人と知らぬらしい。この様子では、芳次が本所深川の岡っ引きだということも知らぬだろう。

よく分からぬが、とぼけてやろうと梶之進は決めた。

――こんな男は早いところ追い払うにかぎる。

しかし、梶之進が口を開くより先に、仙次がしゃしゃり出て来た。

「もしかすると、あたしの知っている芳次さんかもしれません」

ついさっきまで眠そうな顔をしていたのに、急に商人調の物腰になっている。ぐうたら仙次のくせに、やたらと愛想がいい。

門前の小僧、習わぬお経をなんとやらで、ろくに店の手伝いもしないくせに、仙次はいっぱしの商人のような口を利く。

「芳次はどこにいやがる？」

浪人の目に怒りが見えた。何があったのか知らぬが、この浪人は芳次を恨んでいるようだ。

ここで、ようやく梶之進は仙次の意図に気づく。頬に傷のある浪人に調子を合わせ、芳次をさがしている訳を突きとめるつもりなのだろう。

——小細工の多い男だ。

梶之進には仙次のやることなすことがまどろっこしい。こんな浪人など叩き出してしまえばいいのだ。

「仙次——」

と、梶之進が口を開きかけたとき、雀亭の戸が引かれ、再び、暖簾が揺れた。いつもは閑古鳥《かんこどり》が鳴くばかりの雀亭が、今日に限ってはやけに繁盛している。

入って来た男を見て、梶之進の口から舌打ちが漏れた。

――噂をすれば影が差す。

「邪魔するぜ」

と、簪職人の芳次が暖簾をくぐったのだった。

「こいつはさがす手間が省けたぜ」

傷の浪人が芳次へ歩み寄る。すでに刀に手をかけている。

狭い店ということもあって、暖簾をくぐった瞬間に傷の男に気づいたであろうに、芳次は逃げようとしない。

「仙次さんに若先生も来てたんですか？」

いつもと同じ調子で話しかけて来た。逃げ出すどころか、傷の男のことなど見てさえいない。

「親分、あのなあ……」

と、梶之進が言いかけたとき、傷の男がかちりと鯉口《こいぐち》を切った。問答無用で芳次を斬り捨てるつもりらしい。

こうなってしまうと、捨てておくわけにもいかぬのだろう。ようやく芳次が傷の浪人に話しかける。

「丹下《たんげ》様の弟じゃねえか」

名を知っているところを見ると、やはり傷の浪人――丹下の弟と芳次は知り合いらしい。しかし、

「外へ出ろ。それとも、ここで斬られるか？」

丹下の弟は今にも刀を抜きそうな剣呑《けんのん》な顔をしている。

「斬られる理由がない――わけでもないか」

芳次は丹下の弟の頰の傷を見て、ため息をつく。

丹下の弟は言葉を重ねる。

「頰の傷だけじゃねえ。兄貴の仇《かたき》は討たしてもらうぜ」

「仕方ねえな」

芳次は言うと、台所から出て来ないおくら婆さんに向かって声をかけた。

「すぐ戻って来る。飯の支度をしておいてくれ」

さっさと店の外へ行ってしまった。

いくら岡っ引きとはいえ、刀を差した、見るからに柄の悪い浪人相手に優男《やさおとこ》の芳次が勝てるとは思えなかった。

しかも、芳次は飯を食いに来ただけということもあり、丸腰である。十手さえ持っていないように見える。

義を見てせざるは勇なきなり。

梶之進は加勢するつもりで、ほんの少しの間を置いて、芳次の後を追った。荒事では役に立たぬ仙次もついて来る。

しかし、外に出てみると、すでに丹下の弟の姿はなく、芳次一人が立っていた。怪我をしている様子もない。

「親分、浪人は？」

梶之進は聞く。

「急に帰っちまいやしたよ」

芳次はいつもの調子で言う。

「帰っちまったって？」

そんなにあっさり帰る輩《やから》には見えなかった。

が、芳次はそれ以上、何の説明もしようとしない。懐から銀色に光る簪が覗いているだけである。

「飯を食いに雀亭に戻りましょう」

と、踵《きびす》を返した。

狐につままれた気分であったが、芳次が無事であればそれでよい。梶之進も芳次の後を追った。

ちらりと後ろを振り返ると、仙次がおかしな目で近くの藪を見ている。

藪の中から猫の鳴き声が小さく聞こえて来たような気がした。

*

数日後に、藪の中から丹下の死骸が見つかるが、殺されたのが流れ者の浪人とあってか、たいした話題にもならなかった。梶之進ら町場の人間がこの事件のことを知るのは、ずっと後のことである。

そして、梶之進と仙次が芳次の正体を知るのは、さらに先のことであった。

茶屋の老夫婦

1

翌日、梶之進は仙次に連れられ、また大川へ足を運んだ。相変わらず、釣り竿を抱えた年寄りどもが群れをなしている。

「こやつらは馬鹿なのか」

思わず、口から悪態ともため息ともつかぬものが零れ落ちた。

世の中に、不老不死の人魚がいないとは言わぬが、毎日のように釣り糸を垂らしている年寄りを見ると、一言二言と言ってやりたくなる。

「揃いも揃って、呆けてしまったか」

「年寄りを馬鹿にしちゃ駄目だよ、梶之進」

仙次は諌《いさ》める。

一人だけいい子になるつもりかと仙次の顔を見ると、やたらと冷たい顔をしている。少なくとも年寄りを敬《うやま》っている感心な若者の顔ではない。

——何か気づきおったな。

梶之進は思い当たる。これまでも、いんちき見世物のからくりを見破るたびに、仙次はこんな顔を見せていた。

幼いころから付き合っている梶之進でさえも、仙次の目を真正面から見ると、ひやりとすることがある。

仙次はそんな梶之進に頓着せず、お由有が手伝っている茶屋へ向かった。

大川で人魚騒動が持ち上がるまでは寂れて閑古鳥《かんこどり》が鳴いていた茶屋であるが、今は浅草あたりの流行茶屋のように繁盛している。

ちょいと前に、お由有が破落戸《ごろつき》どもに絡まれたことがあったが、繁盛している茶屋を見て、そこで働く小娘を脅し小銭でもせびろうとしたのではないかと言う者もいる。同じ江戸っ子として情けないが、さほど珍しい話でもない。

店先にはお由有の姿しかなかった。

婆さんの具合がよくならず、茶屋のじいさんがつきっきりで看病しているのだろう。たくさんの客相手に、お由有が額に汗を光らせている。今や大川堤の茶屋の看板娘といった風情である。

「本当によく似ているねえ……」

「あの娘《こ》のいたときのことを思い出すよ」

そんな年寄り連中の昔話にも、お由有は嫌な顔一つ見せず付き合っている。

そんな忙しい中、仙次と梶之進を見ると、お由有は微笑《ほほえ》んでくれた。

「いらっしゃい。でも、今、少し混んでいて……」

申し訳なさそうなお由有の言葉を仙次は遮《さえぎ》る。

「茶を飲みに来たんじゃないよ、お由有。おきみさんに薬を持って来たんだ」

茶屋の婆さんの名を口にすると、仙次は懐に入れてある煎じ薬を見せる。これまでも仙次は薬を届けに来たことがあったという。時には薬種問屋の身内らしいことをする。

「奥に持って行く」

と、仙次はお由有の返事も待たず、勝手知ったるといった顔で、茶屋の奥へ入って行く。

よく分からぬが待っていても仕方がない。梶之進も仙次の後を追った。

茶屋の奥は思いの外、広々としていた。年寄り二人の家にしては、少々、広すぎるように見える。

「身内はおらぬのか」

ろくに茶屋の老夫婦のことを知らぬ梶之進は、今さらのように聞いてみた。

「いたよ、ずいぶん昔にね」

仙次はさらりと答える。小細工の多い仙次のことだから、茶屋の老夫婦のことも調べ上げているのかもしれぬ。

「その身内はどこに行ったのだ？」

梶之進は聞いた。この騒ぎの中、姿を見せぬのが不思議だった。

「死んだよ」

仙次の声はやけに冷たい。

「む？」

それ以上、聞き返す間もなく、仙次はいちばん奥の部屋に声をかけると入って行った。

何やら、部屋の中から聞いたことのある声が仙次と話している。

どうにもこうにも、今回の一件は自分一人が蚊帳《かや》の外に置かれている気がして仕方がない。

「拙者も入るぞ」

と、とりあえず声をかけ、梶之進は部屋に足を踏み入れた。

部屋の中には、二人の老人と仙次の他に、四十がらみの医者が座っていた。梶之進も仙次も、この医者のことをよく知っている。

梶之進は四十がらみの医者に声をかける。

「何をやっているのですか、宋庵先生」

お由有の父・宋庵の代わりに口を開いたのは、仙次だった。

「今回の一件は宋庵先生のしわざさ、梶之進」

2

薬くさい部屋の中に、老夫婦のものとは思えぬ明るい柄の着物が置かれている。先刻、仙次の言っていた身内とやらの着物であるのかもしれぬ。老婆が昔を懐かしんでいるのだろうか。

仙次は明るい柄の着物をちらりと見ると、もったいぶった仕草で、梶之進に話しかけて来た。

「人がどうして嘘をつくか分かるかい」

「知るものか」

梶之進は即答する。武士に二言は禁物である。生まれてこの方、嘘つきのことなど考えたこともない。

「それじゃあ、話が進まないよ、梶之進」

仙次が苦笑する。

「笑っている場合ではなかろうッ」

梶之進は真剣味の足らぬ友を怒鳴りつけてやった。目の前に下手人がいるというのに、のんべんだらりとしている。

「病人の前だ、静かにせえッ」

とたんに宋庵の怒鳴り声が飛んで来る。

本所深川どころか江戸中に、剣術使いとしてその名が轟《とどろ》く梶之進であったが、幼いころに、やはり二親を流行病で亡くして以来、親代わりのように育ててもらった宋庵に頭が上がらなかった。

頭が上がらぬ理由は、恩義だけではない。

経験を積んだ医者のくせに、いまだに宋庵は患者の死に慣れていなかった。診ていた子供が命を落とした日には、娘のお由有が気を揉むほどに落ち込む。

恋い焦がれているお由有の父であることを除いても、梶之進には、宋庵が好ましい男に見える。口に出したことはないが、梶之進は宋庵を男として尊敬していた。

そうだとしても、仙次の言葉を信じるなら、今回の一件——すなわち、木下弥吉郎の死は、宋庵のしわざということになる。黙って引き下がるわけにはいかぬ。

「宋庵先生が木下弥吉郎を殺したのですか？」

梶之進はずばりと聞いた。

「………………」

と、一瞬の沈黙の後、仙次と宋庵の笑い声が茶屋に弾けた。

「ぬ？　笑っている場合ではなかろう」

梶之進は能天気どもに言ってやる。事は人殺しなのだ。宋庵だけでなく娘のお由有にも累《るい》が及ぶ。

「人を殺しておいて笑うなんぞ――」

と、梶之進が言いかけたとき、

「馬鹿者めッ」

再び、宋庵の叱責《しっせき》が飛んで来た。

宋庵は熊のような顔で梶之進を睨みつける。

「梶之進、おまえは、この宋庵が人を殺《あや》めると思うのか？」

「そんなことは――」

梶之進は慌てて首を振る。宋庵が人を殺めている姿など思い浮かべることもできぬ。

すると、梶之進はまんまと騙されたことになる。

梶之進は茶屋の外に仙次を引っ張り出した。成敗してやるつもりだった。

「仙次、謀《たばか》ったな」

武士を愚弄した男を睨みつけてやった。

「ちゃんと他人《ひと》の話をお聞きよ、梶之進」

仙次は苦笑いしている。

「よし、武士の情けだ。手討ちにする前に聞いてやろう」

あたしはうどんじゃないよなどと、この期《ご》に及んで軽口を叩きながら、仙次は大川の人魚騒動の種明かしをはじめた。

仙次は言う。

「今回の人魚騒動、いくら何でもおかしいと思わないかい？」

「おかしいに決まっておる。大川に人魚などがおるわけがない」

梶之進は言う。

仙次は曖昧《あいまい》に笑った。

「人魚が大川にいるかどうかは分からないよ」

何やら寝言を言っている。

「おかしいのは人魚じゃなくて、年寄りたちさ」

「ふむ」

とりあえず頷いたものの、仙次が何を言いたいのか梶之進には分からない。

「釣り竿で、人魚を捕まえようなんて、ちょいとおかしいと思わないかい？」

言われてみれば、ちょいとどころじゃなく明らかにおかしい。

人魚というものがどんな生き物なのか知らぬが、耳を欹《そばだ》てれば、五尺、大きいものになると十尺もあるという。

十尺というと梶之進よりもずっと大きい。

釣り竿で釣り上げられる大きさではない。万一、針に人魚が食いついても、逆に大川に引き込まれるのがオチであろう。

しかも、年寄り連中が持っているのは、鮒でも釣るのに使いそうな、粗末な竹竿である。こんな釣り竿で人魚を釣り上げられるわけはない。

「後先《あとさき》を考えぬじじいどもだ」

梶之進は悪態をつく。

「梶之進より、ずっと考えているよ」

仙次が無礼なことを言い出す。

「それがしだって、ちゃんと考えておる」

これでも道場主なのだ。

仙次は生意気にも梶之進の言葉を無視して話を進める。

「全員かどうか分からないけど、ほとんどの年寄りは大川に人魚がいるなんて信じていないさ」

「ぬ？」

梶之進には、仙次の言っていることが分からぬ。

「こんなにいっぱいいるではないか？」

釣り糸を垂らしているのは、本所深川の年寄りばかりだが、ご苦労なことに日本橋や京橋くんだりから見物客が来はじめている。人魚がいると信じているからこそ、人が集まって来るのではなかろうか。

「浅草の見世物小屋にも人がたくさんいるけど、みんな信じてやしないだろ？」

仙次はそんなことを言い出す。

「あれは宣伝上手というものだ」

梶之進は言ってやる。瓦版を始め、周囲が騒ぐから人が集まるのだ。誰も何も言わなければ、一人として銭を出さないだろう。仙次ときたら、商人の次男のくせに世間様というやつが分かっていない。

しかし、分かっていないのは梶之進の方だった。

「大川の人魚騒動《これ》も宣伝なのさ」

仙次は今回の一件の謎解きを始める。

大川堤といえば、花見時期の〝女比べ〟や〝鰻《うなぎ》の大食い合戦〟が有名で、そのころになると人が押し寄せて来る。

人が集まれば、食いもの飲み物屋が繁盛するようにできており、茶屋も銭を儲けることができる。

しかし、その他の季節は、まったく人がいないというわけではないが、やはり、がくんと人が減る。茶屋に閑古鳥が鳴くのは当然の成り行きであった。

何事もなければ年寄りの二人暮らしで、かつかつながら食うことはできるだろうが、あろうことか茶屋の婆さんが寝ついてしまった。こうなってしまうと、とたんに食うに困る。

宋庵が銭を取らず、診てくれるとしても、世知辛《せちがら》い世の中のことで、薬代やら何やらとかかるものはかかる。

そこで、きっと頭の回る宋庵あたりが人魚騒動をでっち上げ、客寄せの絵を描いたのだろう。情に厚く、お節介なところのある宋庵のやりそうなことだ。

年寄り連中が協力したのも、明日は我が身。食うに困った茶屋の老夫婦を見捨てておけなかったというわけであろう。

それが仙次の謎解きだった。

「人騒がせな話だ。では、木下弥吉郎の死はただの事故だということか」

梶之進は言ってやった。ちらりと横を見ると、なぜか、仙次が暗い目をしていた。

3

それから半月がたった。

この半月の間に、大川の騒ぎは大きくなっていた。

騒ぎを大きくしたのは安達斎正である。

命を落とした武士・木下弥吉郎の仕える藩の藩主である安達斎正が、〝お忍び〟と言いつつ、腹心たちを連れて大川へやって来たのだ。しかも、黒瓦版に死を予告されて足が遠のいては、憶病者のそしりを受けるとでも思ったのか、毎日のように通い詰めた。

それだけでも大騒ぎだというのに、こともあろうに、瓦版の予言通りに安達斎正は死体となって早朝の大川に、ぷかりと浮かんだのだ。

普通の藩主であれば、供廻りの言うことを聞いて、じっとしているところだが、斎正は勝手気ままに歩き回っていた。しかも、連れ歩いたお気に入り連中は、無能な輩《やから》ばかりだった。間の抜けたことに、目を離した隙に殺されてしまったというのだ。

本来ならば、海里藩そのものの改易《かいえき》が取り沙汰されかねないほどの不祥事であるが、どこにどう銭を使ったのか、安達斎正は屋敷で病死したこととされ、斎正の世子が跡を継いだ。

若い藩主は斎正に似ず聡明で、つつがなく藩が存続したということもあり、藩士たちは胸を撫でおろしたという。海里藩の連中にしてみれば、大川の一件など一刻も早く忘れてしまいたかったであろう。

しかし、人の口に戸は立てられぬ。

安達斎正の死は町場の噂となり、やがて大川に棲む〝人魚の呪い〟と言われるようになった。

ますます大川の人魚の名は上がり、一度は減ったかに思えた野次馬どもが、前にも増して集まるのであった。

大川の人魚騒動は収まっていなかったが、仙次はすでに興味を失っていた。しばらく、大川に近づいてさえいない。

誰もいない〝つばめや〟の庭に置いた縁台にごろりと寝転がりながら、仙次は独り言を呟く。

「不思議なことなんてあるわけがないさ」

空を見上げていると、雲がだんだん三つ瞳の瓦版売りの顔に見えて来る。

梶之進はもとより、兄の津吉郎も、お由有さえも気づいていないだろうが、仙次はこの世に不思議などないことを証明するために瓦版売りとして、市井の事件を嗅ぎ回っているのだ。

――仙次さんは女《ひと》を好きにならない方がいいですよ。

三つ瞳の異童子・千代松の言葉が蘇る。そして、仙次の脳裏に蘇ったのは言葉だけではなかった。

仙次の口から恋しい娘の名が零れ落ちる。

「お由有……」

自分の声のはずなのに、やけに遠く感じる。

——仙次さんには好きな女《ひと》がいるね。

再び、仙次の頭の中に棲みついている千代松が口を開く。本当にそんなことを言われたのか、今となっては定かではない。

——仙次さんと結婚するとお由有さんは死んじゃうみたいだね。

千代松はいかにも残念そうに肩をすくめる。

いつの間にか仙次の目の前に鼠色の瓦版が広がっている。

そこには仙次とお由有の絵が描かれており、しかも、お由有の胸には匕首《あいくち》が突き刺さっている。

恋しいはずのお由有を刺し殺したのは仙次だ。

血を流しながら倒れているお由有を見て、仙次はうつろな目で笑っている。笑っている。笑っている……。

「嘘だッ。世の中に先のことが分かるなんてことがあるわけないッ」

仙次が怒鳴りつけると、千代松は困り顔になった。

——おいらだって分かりたくないよ。

不意に、野太い怒鳴り声が仙次を現実に引き戻した。

「仙次、早く大川へ来いッ」

顔を朱に染めた梶之進が、庭の前で怒鳴り声を上げている。

「もう人魚はいいよ」

からくりが分かった以上、興味はなかった。

世の中に、先のことが分かるなんて不思議がないことを証明するために、仙次は次の不思議をさがさなければならない。

そんな仙次を梶之進の声が引っ張る。

「人魚などどうでもいいッ。お由有と宋庵先生が消えたのだ」

「事情を話せ、梶之進」

仙次は怒鳴り返した。

聞けば、お由有と宋庵は、もう幾日も近所にも茶店にも姿を見せていないらしい。

「なぜだ？　なぜ、二人を……」

しばらく考え込んだ後に、ようやく事件の真相らしきものが分かったように思えた。

「そうか……」

仙次は呟いた。

お由有の居場所

1

大川に着くと、相変わらずの人だかりができている。いや殺人事件があったためか、前に来たときより人の数が多い。

「宣伝にしては行きすぎだ」

仙次は呟くと、大川堤の茶屋に向かって歩いた。

がやがやとうるさい川辺とは逆に、あんなに繁盛していた茶屋に閑古鳥が鳴いている。

それもそのはずで、店は閉められ、ひとけというものがないのだ。

「お由有がいなくなったから、店を開けられなくなったのであろう」

梶之進は例によって素直である。一本気というか単純というか馬鹿というか疑うことを知らない。

確かに病気持ちの婆さんを抱えて商売になるはずがない。

しかし、仙次はすでにからくりを見抜いていた。お由有と宋庵がどこにいるかも知っているつもりでいた。すべては客寄せのための狂言なのだ。

物見高いは江戸の常。とにかく騒ぎを起こせば人は集まってくる。

茶屋に客を集めるため、お由有と宋庵が行方知れずになるという狂言を、茶屋の老夫婦の境遇に同情した本所深川の年寄り連中が仕組んだのだろう。

いまは茶屋を閉めているが、注目が集まったころを見計らって開ければいいのだ。

後は、天狗だの神隠しだのが大好きな町人たちが噂を広め、勝手に宣伝してくれる。

今日のお由有と宋庵の行方不明事件だけではなく、人魚騒動、そして、お由有が破落戸にからまれた一件も狂言だと仙次は思っていた。

仙次は乱暴に、どんどんと茶屋の戸を叩く。

「病人が寝ている家だぞ。静かにせんか、仙次」

梶之進がたしなめるが、仙次は聞く耳を持たない。

「開けてくださいッ、〝つばめや〟の仙次ですッ」

と、大川堤に響くほどの大声を張り上げるが、

「…………」

返事は戻って来ない。

「留守なのではないか？」

梶之進が言う。

「いや、中にいる」

仙次は留守でないことを知っている。この中に、茶屋の老夫婦、それにお由有と宋庵がいるはずである。危険があるはずはないが、万一ということがある。

「開けてくれないから、蹴破りますよ」

仙次は無理やりに戸を壊そうとする。

だが、戸はしっかりと閉められていて仙次の力では開けることができない。それも当然のことで、極楽とんぼの仙次ごときに壊せる戸では、泥棒よけにもなるまい。

仙次は梶之進に言う。

「戸を蹴破ってくれないか？」

「おい、仙次」

梶之進が目を剝く。

一々、説明するのも面倒なので、仙次は梶之進の弱点を突く。

「中にお由有がいる」

「何だと？」

言葉と同時に梶之進の足が茶屋の戸を蹴破った。

次の瞬間、どかりッと音が聞こえ、茶屋の戸が吹き飛んだ。

仙次が声を出すより早く梶之進が飛び込んで行く。

「お由有、今、助けるぞッ」

梶之進の怒声が大川堤に響き渡った。

仙次も懐の燕の簪に手を触れながら、梶之進の後を追った。

2

ぽかりと頭を殴られた。

「痛いじゃないか、梶之進」

仙次は乱暴者の梶之進に言ってやるが、声に力が入らない。自分でも殴られて当然だと思っている。

「騙しおったな、仙次ッ」

梶之進が顔を真っ赤にしている。

梶之進が怒るのも、もっともな話で、茶屋の中は蛻《もぬけ》の殻《から》だった。お由有や茶屋夫婦どころか猫の仔一匹いない。

「これではただの無法者ではないかッ」

病気に苦しむ老夫婦の家の戸を蹴破った男が何やら言っている。唆《そそのか》したのは仙次だが、蹴破ったのは梶之進である。

「ご先祖様に申し訳が立たぬ」

怒ったり落ち込んだりしている。

仙次は仙次で、梶之進の相手をしているどころではない。

――ここにいないのか？

すると、お由有と宋庵がどこに消えたのか見当もつかない。

「とりあえず、戸を直して帰らねば。――仙次、おぬしも手伝え」

梶之進の喚《わめ》き声を背中に、どうしたものかと悩んでいると、とととととと軽い足音が聞こえて来た。

「くせ者かッ」

と、梶之進が自分のことを棚に上げて怒鳴りつけるが、茶屋の中にやって来たのは見おぼえのある猫であった。

「にゃん」

と、猫ノ介が姿である。

例によって、鬼一じいさんと一緒に人魚釣りに大川へ来ていたのだろう。ちなみに、今日の猫ノ介は尻尾に釣り糸をつけていない。

「またおぬしかッ」

猫ノ介嫌いの梶之進が、いっそう騒ぎはじめる。

「それがしと決着をつけに来たのだな、猫ノ介」

後先考えず老夫婦の戸を壊してしまったことを誤魔化すかのように、梶之進は大声を出している。

「うるさいよ、梶之進」

「ぬ？　何もかも、それがしのせいにするつもりか？」

仁王様のような顔で仙次をぎょろりと睨むが、仙次は梶之進の相手をしている余裕はない。

人なんぞより賢くできている猫ノ介は、うるさい梶之進の相手をする素振りを見せず、とととと茶屋の中を歩き回っている。

前に来たときにはあったはずの老夫婦に不似合いな明るい柄の着物がなくなっている。

「落ち着きのない馬鹿猫だな」

またしても、自分を棚に上げて梶之進が何やら言っている。

当然のごとく猫ノ介は相手をしない。涼しい顔で歩き続けている。

少しでもお由有と宋庵の行方の手がかりになればと、仙次もそこら中をさがし回る。

目についたのは小さな梅の花のような猫ノ介の足跡であった。

指で床を擦ってみると、埃《ほこり》が指先に積もった。

「まさか……」

仙次の口から言葉が落ちた。

あまりに愕然とした顔をしていたのだろう。梶之進が仙次のことをじろりと見ている。

「ぬ？　こんな一大事に何をやっておる？」

自分だって猫ノ介相手に騒いでいたくせに、梶之進は仙次を責めるように言う。

「梶之進、この埃を見てごらんよ」

仙次は指先の埃を梶之進の鼻先に突きつける。

「何の真似だ？　おぬしは意地の悪い姑か？」

梶之進はまだ分かっていない。

「一日や二日で、こんなに埃がたまりはしないよ」

少なくとも五、六日は掃除がされていないように見える。

「どういうことだ？」

梶之進の顔が険しくなる。

「消えたのはお由有と宋庵先生だけじゃない」

仙次は言った。茶屋の老夫婦ごと消えてしまったのだ。

3

商人でも武家でも人の集まりというものは、上が腐れば下も腐るようにできている。町場に噂が流れるほどの馬鹿殿を藩主にいただいていた海里藩は、ろくでもない武士を数多《あまた》抱えていた。

戦乱が終わり、平穏な時代がやって来ると、人殺ししか能のない武士は邪魔となった。剣術よりもそろばんが得意な商人《あきんど》武士や、口を開けば阿《あ》諛追従《ゆついしよう》の飛び出す太鼓持ち武士ばかりがのさばっている。

海里藩藩士の田原道佐《たはらみちざ》も、ろくでもない武士の一人であった。

ただ田原家自体は、戦国時代に上杉謙信《うえすぎけんしん》が一目置いたと言われている田原文左衛門《ぶんざえもん》を祖とする家で、道佐の父・左馬《さま》も祖父も剛直な侍だった。剣術使いの一族としてその名も江戸中に響いていた。

それに比べ、道佐はいわゆる太鼓持ち武士である。

物心つくかつかぬかの幼いころから、父・左馬と似ていないと言われていたが、姿格好だけではなく性格まで父とは似ていなかった。

いまだに剣術修行に汗を流す左馬と違い、道佐は地道な努力というものができぬ類《たぐい》の人間であった。見ようによっては、〝希代《きたい》の馬鹿殿〟と呼ばれた安達斎正と似ていなくもない。

そんなわけだから、死んでしまった藩主・安達斎正のご機嫌を取って禄を得ていただけの男である。当然のように斎正の死によって、その地位も危うくなっている。

何らかの才覚があれば、地位を守るため奔走するところだが、道佐は絵に描いたような残念な男だ。実のところ、太鼓持ちの才能もたいしたことがなく、安達斎正が道佐を気に入っていたのを見て首をかしげる藩士も多かった。

間もなく海里藩から追われそうな按配というのに、今日も道佐は夜遅くまで飲んだくれていた。

いざというとき、藩主のために命を捨てる代わりに禄をもらっているのが武士である。本来であれば、酒どころか夜間の出歩きも禁じられる。

しかし、命を捨てる事態そのものがなくなってしまった今の世では、規律の弛《たる》んだ海里藩の藩士のように、酒や女のところに通うことは珍しくもない。

酒は身体で飲むものというが、道佐は五尺そこそこの身丈しかない。一杯二杯でだらしなく酔ってしまう。

酒というものは、楽しく飲めば〝百薬の長〟となるが、この日の道佐のように辛い現実から逃げるための道具とすると、たいていは手痛いしっぺ返しを食らう。

常に戦時と心得るべき武士とは思えぬ醜態を晒《さら》していた。

酒癖の悪い男によくあることだが、道佐は女癖もよろしくない。

銭があるのだから岡場所へでも行けばいいのに、道佐は町場の女にちょっかいを出すのが好きであった。そんな迷惑なところまで藩主の安達斎正に似ている。

この夜、道佐は自棄酒《やけざけ》をしこたま飲んでいた。もし藩を追われたら、どうやって暮らして行けばよいのか見当もつかず、酒に溺れているのだ。

藩主の寵愛を受けていた間は、道佐自身にも取り巻きがいた。大川に骸《むくろ》をさらした弥吉郎も道佐の手下であった。

しかし、藩主が死ぬと、取り巻き連中は姿を消し、このごろでは道佐に挨拶する者さえいなくなった。挨拶どころか、後ろ指をさされ、くすくすと笑われたりする。

「馬鹿にしやがって」

と、毒づいてみたものの、取り巻き連中の気持ちは分からぬでもない。

殿様のご機嫌取りにも色々あるが、道佐の仕事は安達斎正の女さがしであった。この種の仕事をやる者は藩主には好かれるが、奥方、その子供、そして藩の重臣たちと、ほとんどすべての者に嫌われる。

藩主の妻子にしてみれば新しい女は邪魔者以外の何者でもなく、重臣にしてみれば無駄銭を使う金食い虫である。

馬鹿殿であろうと、藩主の安達斎正に怒りを向けるわけにも行かず、結局、道佐が恨みを一身に背負うことになる。ことに安達斎正が故人となった今では、道佐の味方をする者など一人もいない。下手に道佐に近づいて、一緒に藩から追われては一大事と親戚連中でさえ疎遠になっていた。

道佐が町場で酒を飲むのも当然の成り行きと言える。

もちろん、こんな状態で飲む酒が旨いはずもない。

「今に見ておれ」

道佐は呪詛《じゅそ》の言葉を吐き続ける。

怒りと不安を抱え、道佐は帰路についた。

月の出ない本所深川の夜のことで、屋敷への帰り道はやたらと暗く、一人歩きの道佐には提灯《ちょうちん》だけが頼りだった。

浅草や両国のような盛り場と違い、本所深川の外《はず》れでは日が落ちてしまうと、ひとけがなくなる。

ホー、ホーと梟《ふくろう》が鳴くばかりで寂しいことこの上ない。今にも化け物が出そうな夜であったが、実のところ魔物より人の方が怖かった。

道佐自身はよく知らぬが、本所深川の鬼通りというところには鬼人衆と呼ばれる剣呑な連中が住んでおり、夜な夜な人を殺しては、その生き血を啜っているという。

知らず知らずのうちに、道佐は急ぎ足になる。一刻も早く屋敷に帰りたかった。

が、何歩も歩かぬうちに、道佐は立ち止まった。

――提灯の光が、道端で佇《たたず》む娘を見つけたのだ。

女好きというやつは、いついかなるときでも女を見ると鼻の下を伸ばすようにできている。

道佐も闇の恐怖を忘れ、娘に目が釘付けとなった。

ごくりと道佐の喉が鳴る。

ほのかな提灯の光だけではよく見えぬが、うなじの辺りが初々《ういうい》しい。二十歳前の若い娘のようだ。夜鷹の類《たぐい》ではないような気がする。

道佐は声をかけようと、娘の方へ二歩三歩と歩み寄った。そのとき、

「にゃん」

と、野良猫の声が道佐の背中から聞こえた。

とっさに道佐は振り返ると、どこかで見たような野良猫がこちらを見ている。

野良猫の目つきがあまりにも冷たく見えたが、今は猫ごときの相手をしている場合ではない。

道佐は、再び、くるりと振り返った。が、

「…………」

面妖なことに娘が跡形もなく消えていた。

「おいッ」

思わず大声を上げてしまった。

しかし、大声は続かない。背中に鋭い痛みが走った。口もとから、つつと赤い血が流れる。

――誰かに斬られた。

道佐はそう思った。

それから、目の前に、再び、娘の姿が現れた――気がした。

「娘、そこにおったの……か……」

道佐の身体が膝から、がくんと崩れ落ち、闇の中に沈んだ。最期《さいご》に、道佐の目に映ったのは、銀細工の簪だった。

4

お由有と宋庵が、仙次の前から消えて早くも十日たった。

いまだに二人は見つかっておらず、その足取りさえも摑めていなかった。

血眼《ちまなこ》になってお由有と宋庵をさがしているのは、仙次と梶之進だけではない。宋庵は名医として町中の尊敬を集めているし、お由有は本所深川小町と呼ばれている。言ってみれば、嫌われ者ではなく、町方に慕われている父娘が姿を消したのだ。

さすがに仕事を持つ連中はさがし回れないが、年寄り連中は朝から晩まで足を棒にして、お由有と宋庵をさがしていた。

「いくら何でもおかしかろう」

梶之進は言う。

見れば、梶之進の目の奥に怯《おび》えが覗いている。

鉄砲を前にしても平気な顔をしている梶之進が、そんな顔をするのは、子供時分にお由有が流行病で寝込んで以来である。

仙次にも梶之進の気持ちは痛いほどに分かった。

――お由有と宋庵は大川に沈められたのではないか？

そんな言葉が頭の中を駆け回っている。

江戸田舎と呼ばれる本所深川であったが、煙のように二人の人間が消えてしまうなどあってよいことではない。

「神隠しではないのか、仙次」

眉唾話を嫌っているはずの梶之進が言い出した。

大川に沈められているよりは、生きている可能性のある神隠しの方が、ましと思ったのだろう。

仙次は首を振る。

「親子二人揃って、神隠しなんて滅多にないよ」

茶屋の老夫婦も入れれば四人が消えているのだ。人魚騒動の中、三文芝居でもあるまいし、そんな都合のいい事件が起こりはしない。

「しかも、死体が浮いたばかりだし」

昨日、海里藩の田原道佐という武士の死骸が大川に浮いたという。

――人が死にすぎている。

仙次や梶之進が不安に駆られても仕方のない話であった。

今や大川には浅草よりも人が集まっている。

最初に仙次が考えたように、茶屋を繁盛させるための狂言として人魚騒動を演じたのであれば、客寄せとしては大成功であろうが、肝心要《かなめ》の茶屋の老夫婦が本当に消えてしまっては、どんなに客を集めようと意味はない。

それに、今となっては人魚騒動などどうでもよかった。お由有が無事に戻って来て欲しいだけだった。

「もう一廻りして来る」

梶之進が立ち上がった。

お由有が消えてからまともに寝ていないのだろう。梶之進の目の下には、くっきりと隈《くま》ができていた。ろくに食っていないのか頬が痩《こ》けている。いくら頑丈な梶之進でも保《も》つわけがない。かく言う仙次も眠れず、食事も喉を通らなかった。まっすぐ歩いているつもりでいるのに、千鳥足になっていると言われる。

それでも仙次は梶之進に言う。

「あたしも一緒に行くよ」

二人の頭の中には、お由有しかいなかった。

〝つばめや〟から大川に行く間も、仙次と梶之進の目は、休みなくお由有の姿をさがしている。

江戸にその名を轟かせる名医と、本所深川小町が消えてしまった話は町中に広まっていた。〝本所深川小町〟と呼ばれながらも、いっこうに嫁に行く気配のないお由有は有名人である。

そのお由有を巡って、仙次と梶之進が恋敵の関係にあると、町人たちは決めつけていた。

いつもなら気軽に話しかけて来る町人たちが、無言で仙次と梶之進を見送る。たまに話しかけて来るものがあっても、年寄りばかりだった。

「心配することはねえよ」

と、気休めばかり言う。

行方不明になった上に、大川からは死体が上がっている。心配するなと言う方が無理というものだ。

歩き回っていると、後ろから名を呼ばれた。

「仙次」

見れば、兄の津吉郎が息を切らせている。わざわざ仙次のことを追いかけて来たらしい。

もちろん、津吉郎もお由有と宋庵がいなくなったことを知っている。それにしても、滅多に走らぬ津吉郎が息を切らすのは珍しい。

奉公人を使うのではなく、〝つばめや〟の主人である津吉郎が自ら追いかけて来たのも気にかかる。

「何かあったんですか？」

仙次は掠れた声で聞く。

お由有の身に何かあったのかと血の気が引いたのだった。

「こんな手紙が店先に置いてあったんだよ」

津吉郎は仙次に剝《む》き出しの手紙を渡した。

『仙次、大川の事件から手を引け』

その他には何も書いていない。

「これは、いったい……？」

大川の事件は分かるが、岡っ引きでもない仙次に「手を引け」と言って来るのかが分からない。

まるで何も書いていない手紙であるが、お由有と宋庵の行方不明と無関係ではなかろう。

そうだとしても訳が分からない。

そもそも仙次は、とうの昔に人魚騒動なんぞから手を引いているのだ。脅す必要などどこにもない。

「ぬ？　訳の分からぬ手紙だな」

梶之進が顔をしかめている。

津吉郎が〝つばめや〟に帰り、どうしたものかと梶之進と二人で歩いていると、ががやと騒ぎ声が聞こえて来た。

騒ぎ声のする方向には、大川があった。いつの間にか二人は大川堤の近くまで来ていた。

「まだ人魚釣りをやっておるのか」

梶之進がうんざり顔で言うが、どうも様子が違うように思える。剣呑な怒鳴り声が飛び交っているのだ。

すべての事件は大川から始まっている。お由有と宋庵が姿を消した場所も、大川の茶屋である。その大川から怒鳴り声が聞こえているのだから、素通りするわけにはいくまい。

「行ってみるか」

仙次は駆け出した。

5

大川では大騒ぎが起こっていた。人々の騒ぎ声を縫うように、

「ふぎゃあぁッ」

と、猫ノ介の殺気立った鳴き声が聞こえた。

「何をやっておるのだ?」

梶之進が目を丸くする。

——驚くのも無理はない。

抜き身の刀を携《たずさ》えた武士五、六人と、本所深川の年寄り連中が、一触即発、睨み合っている。

年寄り連中の先頭にいるのは猫ノ介である。ちなみに、まだ大川に来ていないのか、鬼一じいさんの姿は見えない。

「何をやっているんですかい?」

と、仲裁に入ったのは〝簪の親分〟芳次である。

剛胆なことに、抜き身の刀を持ち殺気立っている武士たちの前に、芳次は丸腰で立ち塞がった。

「邪魔をするかッ」

殺気立っている武士の一人が芳次を怒鳴りつける。白髪の年寄りであるが、刀を持つ姿は板についている。

刀など持ったこともない仙次であるが、日頃、鬼一じいさんや梶之進といった剣客を見ているだけに、強いか弱いかくらいは分かるようになっていた。

「あっしの縄張りで刀を振り回されては困りますぜ」

芳次は言い返す。

修羅場に慣れているのか、眉一つ動かさない。

一方、武士どもは年長らしき白髪頭を除き、腰が引けている。ろくに抜いたことがないのだろう。刀を握る手が震えている。

「こんな騒ぎが表沙汰になったら、家が潰れますぜ」

芳次はやんわりと脅す。

商人や職人と違い、武士に金を稼ぐ才覚はない。武士という身分があればこそ、少ないなりに禄を得ることができるが、その身分を取り上げられてしまえばたちまち顎が干上がる。

娘を女郎宿に売って当座を凌《しの》げる者はよい方で、悪くすれば一族で首を括《くく》るしか道が残されていない。腕ききの岡っ引きだけあって、「家が潰れる」という芳次の脅し文句は武士の急所を摑んでいる。

が、老武士は退《ひ》かないどころか、今にも刀で斬りかかって来そうな顔を見せ、芳次を怒鳴りつけた。

「もはや家など知ったことかッ」

そして、早口に捲《まく》し立てる。

聞けば、ここに集まっているのは、昨夜、殺された田原道佐の血縁者であり、捲し立てている武士は道佐の実の父親であるという。

ただでさえ、道佐は太鼓持ち武士と侮《あなど》られ、藩主の死を契機に居場所を失っていたところ、さらに夜道で襲われるという醜態を晒《さら》してしまった。

一蓮托生《いちれんたくしょう》。

道佐の血縁というだけで、後ろ指をさされ、上役にも睨まれている。汚名をそそぐためには、自らの手で下手人を見つけるしかない。大川に一族を引き連れ、下手人さがしに来たのであった。

しかし、町人たちは誰一人として藩士たちに協力しようとしない。それどころか、「あんな男は死んで当然だ」、「馬鹿な話だ」と、武士相手に悪態を吐《つ》く始末である。

老武士が逆上して刀を抜くのも分からぬではない。

「迷惑な連中だ」

梶之進が嘴《くちばし》を挟む。

男振りのいい梶之進の顔が、不眠不休のため幽鬼のようになっている。お由有さがしの鬱憤《うっぷん》もたまっているのだろう。

尖った声で、梶之進は言った。

「帰らねば、拙者が相手になろう」

喧嘩を買うつもりらしい。

「でかい口を叩きおったな。きさま、どこのどいつだ？」

殺気を帯びて、老武士の目がすうと細くなった。

「名を聞くときは、自分から名乗るのが礼儀だ、この田舎侍めがッ」

梶之進は機嫌が悪い。

浪人にしか見えぬ梶之進に罵《ののし》られ、老武士の顔が屈辱に歪んだ。

「海里藩藩士、田原左馬」

吐き捨てるように名乗りを上げると、刀を青眼《せいがん》に構えた。本気で梶之進を斬るつもりらしい。

ぴたりと腰の据わった左馬の構えを見て、梶之進が「ほう」と感嘆する。

「少しは使うようだな」

梶之進も刀を抜いた。そして、名乗りを上げる。

「辻風道場道場主、辻風梶之進」

梶之進の名乗りを聞いて、海里藩の侍どもがどよめいた。梶之進の名は〝時代遅れの剣術馬鹿〟として江戸中に鳴り響いている。ここで梶之進に打ち据えられては、恥の上塗りとでも思ったのだろう。侍どもの中には逃げ出そうとしている者もいた。

左馬がにやりと笑った。

「きさまが辻風道場の剣術使いか……。面白い」

引き連れている侍どもに命じる。

「辻風はわしが斬る。そなたらは手を出すな」

「じじいに拙者を斬れるかな」

梶之進は刀を上段に構え直した。

二人の剣士が口を閉じてしまうと、ひりひりと肌を刺すような静寂に包まれた。芳次すら割って入れず黙り込んでしまった。

梶之進も左馬も刀を構えたまま、仏像のように動かない。

「…………」

と、永遠にも思える沈黙が流れる中、ふわりと一筋の風が吹いた。

それほど強い風ではなかったが、その風はどこからともなく一葉の枯れ葉をひらひらと運んで来た。

枯れ葉が梶之進の目の前を掠めるように横切った。

堪《こら》え切れずに梶之進が瞬《まばた》きをする。

ほんの一瞬とはいえ、梶之進の目が左馬から離れた。

次の刹那《せつな》。

つつつと左馬の足が氷上を滑るように動いた。

梶之進の喉笛を目がけ、下段から左馬が渾身《こんしん》の力を込めた突きをくり出す。

「左馬殿ッ」

悲鳴を上げたのは、左馬の引き連れている侍どもだった。

まさか、本気で誰かを殺すとは思っていなかったのだろう。左馬も今時の武士には理解できぬ剣術馬鹿であるらしい。

白髪の老人と思えぬ鋭い突きであった。

しかし、梶之進も馬鹿である。剣術の立ち合いとなると、自分の命を投げ出してしまう。

梶之進は左馬の突きを躱《かわ》すどころか、すらりと無視すると、上段から刀を、ぶんッと振り下ろす。

左馬の突きは梶之進の喉を捕らえ、梶之進の刃は左馬の脳天を砕こうとしている。このままでは相討ちであろう。

と、そのとき、疾風《はやて》のように影が走った。

キンッ、キンッと火花が散り、二人の刀がくるりくるりと宙に舞って、ぽとりと地面に落ちた。

「邪魔をするのは誰だッ」

無刀となっても梶之進は威勢がいい。

「にゃん」

猫ノ介が梶之進に呆れたように鳴いた。

二人の剣豪の刀を一瞬で叩き落とすなんぞという芸当ができるのは、仙次の知るかぎり広い江戸の中でも一人しかいない。

「こんなところで殺し合ってどうする？」

いつの間にやら鬼一じいさんが立っていた。

梶之進と左馬の渾身の一撃を軽々と打ち払ったのは、このじいさんの他にあるまい。

しかも、驚いたことに、鬼一じいさんの刀はすでに鞘に収まっている。

「鬼一法眼《きいちほうげん》流鞘流れ」

左馬がぽつりと呟いた。

「おぼえておったか、左馬」

鬼一じいさんが言う。

梶之進の目が丸くなる。

「こちらのご老人は、先生のお知り合いなのですか？」

「昔、海里藩で剣術指南をやっておったときに教えたことがある」

鬼一じいさんは言った。

老武士と鬼一じいさん

1

「何を考えて、大川で騒動を起こそうとしたのか答えてもらうぞ」

鬼一じいさんが左馬をじろりと睨みつける。

蛻の殻になった茶屋を借りていた。

町人相手に刀を振り回している姿を剣術の師匠に見られたのがこたえたのか、左馬は青菜に塩——。すっかりしょげ返っている。

「面目ございませぬ、先生」

と、しきりに白髪頭を下げている。

「謝れと言っておるのではない」

鬼一じいさんは、ぴしゃりと言う。

「田原左馬ともあろう男が、何の根拠もなく、一族を引き連れてこんなところに殴り込みはしまい」

現役時代、左馬は切れ者の用人であったという。いささか時代錯誤の剣術馬鹿のところはあろうが、町人――それも年寄り相手に騒ぎを起こすようには見えない。

左馬は苦々しげな顔をする。

「大川は呪われております」

「呪いだと？」

剛直な左馬には不似合いな言葉である。

「ちゃんと申してみろ」

鬼一じいさんが左馬を促す。

気の進まぬ様子ながら、左馬は懐から一枚の瓦版を取り出した。

――ただの瓦版ではない。

三つ瞳の千代松の配る黒瓦版だ。

千代松に見せられた忌まわしい記事が脳裏に蘇る。

黒瓦版なんぞ、この世からなくなればいい――。仙次は思わず黒瓦版に手を伸ばしかけた。

「これ、仙次」

鬼一じいさんの声が仙次を正気に引き戻してくれた。

「何をしておる？」

鬼一じいさんは怪訝な顔をしている。

鬼一じいさんも千代松の黒瓦版のことは知らぬようだ。

仙次だって、自分が千代松に〝不幸〟を見せられなければ、ろくにおぼえていなかっただろう。

相手が鬼一じいさんだろうと、お由有の死を予言するような黒瓦版の説明はしたくない。口に出すと実現してしまうような気がするのだ。

「いえ、珍しい瓦版だなと」

仙次は誤魔かす。

「まったく下らぬものだ」

左馬は吐き捨てた。よほど不快なのだろう。左馬はただでさえ皺の多い顔を、いっそう顰《しか》める。

「拝見する」

と、鬼一じいさんは黒瓦版を奪い取った。

味も素っ気もない字で、大川の人魚の呪いとやらで田原家が潰れることが予言されていた。

　人魚に呪われた愚かな武家
　一人二人と死んでゆき
　最後には誰もいなくなった。

黒瓦版の記事を真に受けるのなら、大川に人魚がいるかぎり田原家は暗いことになる。

「こんなものを真に受けおったのか？」

鬼一じいさんが渋い顔を見せる。

用人を務めたほどの男が、一族を連れた上、刀を振り回し大川くんだりまで来たというのだから、鬼一じいさんが呆れるのも当然であろう。

「左馬、惚《ぼ》けたか？」

鬼一じいさんは真顔で聞く。

「先生は三つ瞳の黒瓦版売りをご存知ないから――」

左馬が口応えしている。

仙次には左馬の心持ちが痛いほど分かったが、ほんの少し違和感があった。何かが魚の小骨のように引っかかっている。その違和感の原因は、目の前の黒瓦版にある。

瓦版を手に取ろうとしたとき、ぞくりと仙次の背筋が凍った。

「――それはおいらの瓦版じゃないよ、仙次さん」

気づいたときには、仙次のすぐ隣に、黒い手ぬぐいで目から上を隠した千代松が立っていた。

「ぬ？　おぬし、何者だ？」

梶之進がつっかかる。

千代松は梶之進の方を向くと、黒い手ぬぐいをほんの少し上にずらした。

――三つ瞳が露《あらわ》になる。

とたんに、梶之進が魂のない木偶《でく》のように動きを止めた。

仙次の目には、梶之進が蛇に睨まれた蛙のように見えた。割って入ろうにも、仙次の足は動かなかった。蛇に睨まれているのは梶之進でなく、仙次の方なのかもしれない。

「仙次さんには、たくさん友達がいるんだね」

千代松は冷たい声で言うと、何をするつもりなのか梶之進に近づこうとする。

――千代松を梶之進に近づけてはならない。

不吉な予感に襲われたが、声を出すことさえできなかった。

そのとき、とととと耳を澄ましても聞き逃してしまいそうな小さな音が聞こえた。

ちらりと見ると、猫ノ介が歩いて来ている。

――来ちゃ駄目だ。

と、言おうにも、仙次の口は縫いつけられたように動かない。

仙次と梶之進どころか、鬼一じいさんでさえ固まっている中、猫ノ介だけが生き物として歩いている。その姿は、まるで人形屋に迷い込んだ異国の猫のようだ。なぜか、千代松は猫ノ介に気づかない。

猫ノ介は梶之進の足もとに歩み寄る。

御伽話《おとぎばなし》の猫にしては目つきの鋭すぎる猫ノ介は、にょきりと爪を剝き出しにする。

「何をするつもりだ？」

ようやく猫ノ介に気づいた千代松が不思議そうな顔を見せた。自分のそばに来たのなら用心もしようが、猫ノ介は千代松に近寄ろうとせず、とととと遠くを歩いている。

「にゃん」

と猫ノ介は鳴くと、梶之進の臑《すね》にばりばりと爪を立てた。

いくら剣術の鍛錬で身体を鍛え上げていても、臑を引っ搔かれてはたまらない。ましてや、猫ノ介は加減というものを知らない。

「ぎゃあああッ」

斬られても、にやりと笑うと噂される梶之進の口から悲鳴が飛び出た。

すると、千代松の止めた時が、再び、動き始めた。

「邪魔が入ったみたいだね」

千代松はため息をつくと、黒い手ぬぐいで三つ瞳を隠した。ゆっくりと千代松の姿が透けて行く。

「仙次さん、一つ忠告しておくよ」

千代松の声が言う。

「この件は放っておきなよ」

千代松は煙のように消えた。

2

江戸の真ん中が城ならば、本所深川は江戸の隅っこである。草深い本所深川などは江戸のうちに入らぬと言う者もあった。府中に比べれば、役人の見回りも手薄である。そのため、臑に傷を持つ流れ者が多く集まって来る。

お文《ふみ》はそんな連中相手に本所深川の外れで料理屋をやっている。料理を出すだけでなく、乞われれば宿も貸す。

田舎者を馬鹿にするのは江戸っ子の悪い癖で、地方から出て来たばかりの連中は飯を食うにも難儀する。

ましてや、臑に傷を持つ流れ者を歓迎する店などあろうはずがない。

流れ者の多い江戸の町であるが、将軍のお膝元だけあって人別《にんべつ》はしっかりしている。

罪を犯したり、人別から抜かれるようなことをしでかすと、無宿人となり、存在そのものが罪人となってしまう。

いったん無宿人となってしまうと長屋を貸す者もいなければ、雇ってくれる真っ当な働き口もない。結局のところ、殺しや盗みに手を染めて生きて行くしか道が残されていなかった。

お文が、そんな物騒《ぶっそう》な連中を相手に商売をしようなんぞと思ったのは、四十になろうというのに、独り身で、子供の一人もいなかったからなのかもしれない。

お文だって、ずっと独り身でいたわけではない。

小さいながらも堅い商売をする薬種問屋に嫁いで、子を産み育てていたこともあった。

世間の連中は「女の幸せは男次第」と言うけれど、どんなにやさしい男と一緒になろうと、人というのは食わねばならぬようにできている。金がなければ夫婦として幸せになりにくい。女の幸せは金次第なのである。

お文の幸せが壊れたのも、突き詰めれば金のせいであった。

商売上手で、年々、店を大きくしている〝つばめや〟という同業者に、客をすっかり取られてしまったのだった。

お文の嫁いだ薬種問屋は歴史こそ古いが、お文の夫にしてもあまり商売は上手くない。〝つばめや〟の繁盛に、あっという間に潰れる寸前まで追い詰められた。お文自身も眠れぬ夜が続いた。

不幸や困りごとというやつは重なるようにできていて、八歳になったばかりの一人息子の幸吉《こうきち》を連れて、商売繁盛のお参りに深川の仔狐神社まで行ったところ、疲れのあまり、ぼーっとしてしまい、ちょいと目を離した隙に幸吉を迷子にしてしまった。

死にもの狂いで、お文は幸吉をさがし歩いた。大川に子供の死骸が上がったと聞けば、真っ先に駆けつけた。しかし、幸吉を見つけることはできなかった。

子供を失った夫婦が行き着く先は夫婦別れであった。お文は身体一つで家から追い出された。

すでに、お文を産んでくれた父母は鬼籍に入り、まともな親戚もいない。頼る者などどこにもいなかった。

——大川に飛び込んで死んでしまおう。

そう思ったのも、一度や二度ではない。人でなしばかりの江戸の町で暮らすより、大川の川底で魚の餌にでもなった方が気楽に思えた。

——生きていれば幸吉に会えるかもしれない。

お文は死ぬことさえできなくなった。

幸吉は死んだのではなく迷子になっただけ。生きていれば、いつかどこかで会えるかもしれないのだ。

家を追われたお文は、生き馬の目を抜く江戸の町で、女一人で生きて行くことを余儀なくされた。

——金だけが頼り。

思い詰めた女ほど強い者はない。

お文は自分を叩き出した元夫のいる店へ行った。もちろん、縒《よ》りを戻そうとしたわけではない。

すでに薬種問屋では、お文より若く、おとなしそうな娘が〝おかみさん〟と呼ばれていた。

聞けば、この娘は日本橋の大商人の末の娘で、物好きにもお文の夫だった男に一目惚れしたという。

大店《おおだな》の娘だけあって、多額の持参金を持って来たらしい。いずれ日本橋に店を移すつもりでいるのかもしれない。

「今さら、何の用だい？」

夫だった男はお文を見て困った顔をした。

お文は言う。

「今度、店を出すつもりでいます。少しお金を貸してくれませんか」

手切れ金が欲しいと言ってやった。

気の弱い元夫は〝おかみさん〟の顔色を窺いながら、小さな店を持ったしになるほどの銭をくれた。

大店の娘を手に入れて気が大きくなっていたのか、〝おかみさん〟の実家に何か言い含められているのか、お文の手にした手切れ金は驚くほどの大金であった。

かつて夫と呼んでいた男は、お文に言う。

「もう他人だからね。ここには来ないでおくれよ」

返事もせず、お文は元夫と〝おかみさん〟に頭を下げると店を後にした。塩を撒く音が聞こえたが、お文は振り返らなかった。

そして、まともな商人の寄りつかぬ本所深川の外れで屋台に毛が生えた程度の小さな料理屋を始めた。しかも、あろうことか、脛に傷を持つ強面《こわもて》連中を雇い入れ、あっという間に身代を築いてしまった。

揉め事もあるにはあったが、本所深川を追われては他に行き場のない連中だけに、自分たちを受け入れてくれたお文に忠義を立てた。どんな相手でも慕われればうれしいもので、いつの間にか、お文も連中の親のような気分になっていた。

気がつくと、お文は本所深川の外れの顔役のようになっていた。

宿を始めると、いっそう行き場のない脛に傷持つ連中が集まるようになり、お文の店のある辺りは〝鬼通り〟と呼ばれるようになった。文字通り〝鬼の棲む通り〟という意味であろう。

そのお文が我が子のようにかわいがっている子供がいる。

なぜか家の中でも黒い手ぬぐいで顔の上半分を隠している愛想のない子供であった。もう十年も一緒にいるのに、いつまでもその姿は子供のままである。

お文はその子供のことを〝千代松〟と呼んでいるという。

千代松には得体の知れない人とも化け物ともつかぬ連中が従っているというが、その連中はどこで寝泊まりしているのか、滅多に人前に出て来ない。

どこまで本当のことか分からぬが、鬼通りでごたごたを起こすと、闇の中に引き込まれ、骨と皮だけの死骸となると言われている。千代松に従う連中のしわざなのかもしれない。

3

千代松が大川堤からお文の店に帰って来ると、飯の支度がしてあった。飯は炊き立てで温かい上に、いつものように千代松の好物である玉子豆腐が添えられている。

「どこに行っていたんだい？」

粋な銀煙管《ぎんぎせる》を使いながら、お文が心配そうに声をかけて来た。

「すみません」

質問には答えず、千代松は頭を下げた。

「おまえはあんまり身体が丈夫じゃないんだから、無理をするんじゃないよ」

いつもながら、お文の言葉には情が籠《こ》もっている。

「大丈夫です」

と、言ったそばから千代松は咳き込んだ。

十二、三の子供のように見えるが、実のところ、千代松は百年近く生きている。

――永遠の命などない。

千代松は知っている。

千里眼とやらで行く先が見え、現世の理《ことわり》の外にあるような千代松であったが、生き物である以上、死ぬ日がやって来る。

――自分の行き先だけは見えないな。

命が尽きかけていることは気づいているが、その日がいつなのか分からなかった。明日かもしれなければ、十年二十年後かもしれない。

ホトトギスは血を吐きながら歌をうたうというが、千代松も血の混じる咳をしながら黒瓦版を売っている。

黒い手ぬぐいを持つようになったのは、伊達《だて》や酔狂からではない。

黒はすべてを飲み込む色で、千代松の吐いた血さえ取り込んでくれる。どんなに赤い血を吐いたところで、黒を身につけていれば、お文に気づかれない。

「おばさん」

千代松はお文のことを呼ぶ。一度でいいから、お文を「おっかさん」と呼んでみたいが、その言葉が、どうしても喉から出て来ないのだ。

――あんたみたいな化け物を産んだおぼえはないよ。

顔さえ忘れたはずの母の声が蘇る。その声の持ち主は夫を唆《そそのか》し、千代松を見世物小屋に売り渡した。そして、二度と会いに来なかった。

好きで生まれて来たわけじゃない――。そんなことを思うのも疲れ果ててしまった。

「何だい、千代松」

お文の声に軽く落胆が混じる。お文も千代松に「おっかさん」と呼ばれたいのだろう。千里眼でなくとも、それくらいのことは分かる。

しかし、分かっていても、できないことがある。

「これ、宿賃――」

と、千代松は切餅《きりもち》と呼ばれる一分銀百枚、すなわち二十五両の入った包みを渡す。庶民なら、三、四年は暮らすことのできる大金である。千代松とて、宿賃としては多すぎることを知らぬわけではない。しかし、

――金を払っているうちは、ここに置いてもらえる。

千代松は思う。

お文の店は宿屋なのだ。客である以上、追い出されはしないだろう。

しかし、金を差し出すたびに、お文の顔は曇る。

――足りないのだろうか。

見世物小屋に売られた記憶が頭の中を駆け巡る。できることなら、お文のそばで死にたい。それだけが千代松の望みだった。

「早く、ご飯を食べてしまいなさいな」

切餅を見ようともせずに、お文が言った。


千代松がお文と出会ったのは、当時、九歳だった仙次に出会う少し前のことだから、もう十年以上も昔のことになる。

因業《いんごう》な主人を殺して、見世物にされていた仲間を連れて見世物小屋から飛び出したまではよかったが、親に売られた連中に行くあてなどあろうはずもなく、千代松たちは途方に暮れた。

気の向くまま各地を彷徨《さまよ》っている間に、仲間は次々と死んで行った。

千代松だけが死ねなかった。

仲間を失った寂しさを埋めるために、かつての千代松のように見世物小屋で晒《さら》し者になっている異形の連中を助け出した。

しかし、誰も彼もが千代松よりも先に死んでしまう。

因業な見世物小屋の主人たちが貯め込んでいた銭を奪い取ったおかげで、金は腐るほどにあったが、見るからに異形の千代松たちを泊めてくれるところなどない。

千代松たちも、できるだけ人に近寄らぬようにしていた。千代松たちは身体を寄せ合うようにして橋の下や打ち捨てられた破れ寺で夜露をしのぐ毎日だった。

そんな生活を幾十年続けてきたことだろう。

この日も千代松たちは、名も知らぬ橋の下で夜を明かすことになっていた。

野良犬すら出歩きそうにない寒い冬のことで、身を切るほどの冷たい風がびゅうびゅうと吹いていた。

そんな中、雪のように肌の白い一人の少女が咳《せ》き込み始めた。面妖なことに、少女の小さな頭には二本の角が生えている。

「小雪《こゆき》」

千代松は九つばかりに見える少女——小雪の背中をさすってやる。

「京で捕らえた青鬼でござい」

と、見世物にされていた。

寒空の下、裸に近い格好をさせられたり、川で泳がされたりしていたのだ。昔の無理が祟《たた》り、小雪は頻繁に咳き込むようになっていた。

「迷惑かけて、ごめんなさい……」

苦しそうに咳き込みながらも、小雪は謝ってばかりいる。

本所深川の薬屋で高い薬を買って飲ませたものの、小雪の病はいっこうによくならず、刻一刻と悪化して行った。気づいたときには、小雪は震えるばかりで、話しかけても返事をしなくなっていた。

医者に診せようと、千代松は小雪を背負い歩いた。異形の小雪を診てくれるか分からないが、放っておけば小雪は死んでしまう。千代松は人影のない夜の橋の上を急いだ。

「すぐよくなるから」

気休めと知りながら、千代松は同じ言葉ばかりくり返した。

「うん……」

それが小雪の最期《さいご》の言葉だった。小雪は千代松の背中で冷たくなっていた。

千代松の三つ瞳から熱い涙が流れた。

小雪を売った親を許せなかった。

小雪に無理をさせた見世物小屋の主人を許せなかった。

しかし、一番許せないのは、兄貴顔しながら小雪を救えなかった自分自身——。千代松は小雪の骸を背負って、名も知らぬ橋の上を行ったり来たり歩き続けた。

豆腐売りの声が聞こえ始めた、間もなく夜が明けるころのこと、橋の向こうから粋な着物姿の女が歩いて来た。

隠れる気力もなく、小雪を背負ったまま棒立ちに、女のことを見ていた。今の千代松は三つ瞳を隠していない。

「——坊やも会いたい人がいるのかい？」

女は銀煙管を片手に千代松に話しかけて来た。

千代松の異形の三つ瞳を見ても、怯《おび》える様子も気味悪がりもしなかった。

見世物小屋を転々として来た千代松は、今の今までこんなふうに話しかけられたおぼえがない。

返事に詰まっていると、女は小雪に気づいたらしく、千代松の背中を覗き込んだ。小雪の角を見ても顔色一つ変えない。

「おいらのせいで、小雪が死んじゃった……」

千代松の口から言葉が零れ落ちた。

「そう……」

女は何も聞かず、小雪の髪をやさしい手つきで撫でている。

「おいら、どうしていいのか分からない」

気づいたときには、まるで子供にかえったかのように見知らぬ女に縋《すが》りついていた。親に売られたこと、見世物小屋から逃げ出して来たこと、寝るところもないことを捲し立てた。

「そう」

同じ言葉を繰り返すと、女は千代松の頭も撫でてくれた。それから、泣きじゃくる千代松に女は言う。

「ここは〝鬼の橋〟って呼ばれているの」

「え？」

突然、女が何を言い出したのか千代松には見当もつかない。

橋の上から夜の川を見ながら、女は言葉を続ける。

「〝鬼の橋〟は、この世とあの世をつなぐ橋と言われていて、昼間は普通《ただ》の橋なんだけど、それが夜になると、ときどき、あの世から死人がやって来るのよ」

ありきたりな言い伝えではあったが、女が言うと本当のことのように聞こえる。千代松の目にも、橋を渡る死人の姿が見えるようだった。

「もちろん、死人は死人だから、現世《こっち》にやって来ても、すぐにあの世に帰らなくちゃならないんだけど」

女は軽く肩をすくめて見せると、千代松に向き直る。

「小雪ちゃんはあっちに行っちゃった。でも、〝鬼の橋《ここ》〟に来れば会えるかもしれない。それで我慢なさいな」

千代松相手というよりは、自分自身に言い聞かせるように女は言うと、やさしい声で付け加えた。

「あたしの家においでよ、坊や」

「え……？」

戸惑う千代松にやさしく笑いかけると、女は名乗った。

「鬼通りのお文。それが、あたしの名前さ」

昼のうちに布団を干しておいてくれたのだろう。千代松の布団からはお天道様のにおいがした。お文と知り合うまでは。布団で寝たことさえなかった。

身形《みなり》を整えようと千代松は小さな身体を起こした。

無理をすれば寿命を縮める。

ほんの少し前まで――ことに見世物小屋で見世物にされているときは、一刻も早く死んでしまいたかったのに、今は死ぬことが怖くて仕方がない。

お文は極楽に行くだろうが、人ではない千代松は地獄にさえ行けるか分からなかった。何人もの見世物小屋の主人を殺しているのだ。おそらくは極楽には行けぬだろう。つまり、死んでしまえば、二度とお文に会えなくなるということだ。

寿命を縮めるのが分かり切っている以上、出歩きたくもなかった。

しかし、千代松は行かなければならない。

「闇吉、飛太」

誰もいないはずの部屋の中で、千代松は名を呼んだ。

鬼通りに面した窓がすうと開き、二つの影が千代松の部屋に入って来た。闇吉と飛太は浅草の見世物小屋で、軽業をやらされていた二人である。講談に出て来る忍びのように身が軽い。今も、二階にあるはずの千代松の部屋に、自由自在に出入りしている。

浅草の見世物小屋で水の上を駆けて見せたことから、信心深い町人たちにバテレンの妖術使い扱いされ、殺されかけたところを千代松に救われたのである。

この二人が、どこで寝泊まりしているのか、千代松は知らない。ただ、今の千代松にとっては、この二人以上に信用できる仲間はいない。

千代松は二人に言う。

「ちょいと忍んで来て欲しい家があるんだ。おいらと一緒に来てくれないか」

いつの間にか、お天道様のにおいが遠くなっていた。

仏の主水《もんど》

1

さらに数日がたったが、お由有と宋庵の居場所はいまだに分からなかった。

仙次は兄の津吉郎に頼み、二人の足取りをつかむために金を使った。

金ほどよく効く薬はないというが、ぽつぽつとお由有と宋庵を見たという者が現れ始めた。

そのたびに仙次は梶之進を連れ、現場に駆けつけるのだが、一度として、お由有と宋庵の姿はなかった。

この日も仙次と梶之進は、二人を見かけたという話を聞きつけ、永代橋《えいたいばし》のたもとへやって来ていた。

お由有と宋庵を見かけた男がいるというのは、永代橋のたもとで手妻《てづま》を見せて小銭を稼いでいる男だった。仙次が小さいころから手妻をやっている。お由有と宋庵のことも知っているはずである。

しかし、永代橋に来てみても、二人の姿はどこにも見えない。とっくの昔に堪忍袋の緒が切れている梶之進が、手妻師に詰め寄った。

「どこにもおらぬではないか？　なぜ嘘をついた？」

蚊とんぼのように細い手妻師は梶之進の剣幕に震え上がる。

「嘘なんてついてない」

手妻師は言い返す。

「では、どうしていないのだ？」

「人には足がついている」

「捕まえておけばよかろう」

梶之進は無茶を言う。

そもそもお由有も宋庵も行方不明になっているだけで罪人《つみびと》ではない。そんな二人を捕らえては、手妻師の手が後ろに回ることもないとは言えぬ。見世物で小銭を稼ぐ連中は悪い過去を持つ者も多く、必要以上に岡っ引きの類を恐れる。下手なことをするわけがない。

だが、今は手妻師に気を使っている場合ではない。

仙次も手妻師を問い詰める。

「じゃあ、二人はどこに行ったんだい？」

実のところ、お由有と宋庵は本所深川にいないような気もしていた。本所深川中に手づるを持つ芳次がさがしてくれているのだ。こんなに見つからぬはずはない。

――永代橋を渡ってしまったのではなかろうか。

そうなってしまうと、広く人の多い江戸のことで、二人をさがし出すのはいっそう難しくなる。

案の定、手妻師は言う。

「見たって言っても、永代橋を渡って行くのを見かけただけで……」

「なんだと？」

今にも梶之進は駆け出しそうな顔をしている。

しかし、無茶である。

本所深川だけでも二人を見つけることができないのだ。永代橋を渡られてしまっては、もはやどうしようもない。

「ええい、こうなったら仕方がないわ」

用済みとばかりに手妻師を放り出し、どすどすと永代橋と反対の方向に梶之進は歩き出した。

「どこへ行くんだ？」

仙次は不安になる。この友ときたら悪い男ではないのだが、いきなり暴発する癖がある。かつて旗本の屋敷に殴り込みに行ったこともあった。

「八丁堀を頼る」

梶之進は怒鳴るように言った。

2

八丁堀というのは、慶長《けいちょう》のころに舟入場として作った堀割の名に由来する神田の町名で、町奉行所の与力・同心の居住地として有名である。

八丁堀を頼るというのは、与力・同心に助力を乞うことを意味する。

しかし、梶之進が足を向けたのは神田ではなく、雀亭だった。

いつ来ても閑古鳥でいっぱいの店であるが、今日も、相変わらず、本所深川の飯屋・雀亭は閑古鳥が盛大に鳴いていた。

暖簾をくぐっても誰もいない。

壁には、おしな書きのつもりなのか、「人魚汁」「人魚の姿焼き」とあからさまな便乗商品の名を書いた短冊が張りつけてある。「人魚を食わせる店」とも書いてあった。もちろん、人魚の肉などあろうはずがない。金儲けのためのいんちきであろう。

「ばばあッ、出て参れッ」

梶之進は乱暴に怒鳴り声を上げる。

まるで強盗《おしこみ》である。

「うるさいねえッ。ちゃんと銭はあるんだろうねッ」

梅干しのような老婆が怒鳴り返しながら姿を見せた。この梅干し婆さんが、おくらである。

元々、梶之進の祖父や父は禄を頂く武士であった。その家へおくらは嫁入りしたものの、折しも財政困難の時代のことで、梶之進の祖父は上役に難癖をつけられ浪人の身の上となってしまう。

すると、おくらは、

「金のない男に用はないさ」

などと嘯《うそぶ》き、代々、八丁堀の与力を務めている裕福な実家へ帰ってしまった。

再婚するのかと思いきや、裕福な実家の援助を受け、雀亭などという流行らぬ料理屋を始めて、梶之進の祖父がころりと死んでしまった後も鼻息荒く暮らしている。

離縁した後、梶之進の祖父と歩いている姿を見かけたという話もあるが、どこまで本当のことか分からない。

それはそれとして、偏屈な婆さんであったが、それでも本所深川の住人なのだから、お由有と宋庵が行方知れずになっていることくらい知っているだろう。それなのに、おくら婆さんは心配する振りもない。

「大声を出すんじゃないよ。他の客に迷惑だろ」

と、捲し立てるが、他の客などどこにもいない。

いつもであれば、祖母と孫の大喧嘩が始まるところであるが、さすがの梶之進も喧嘩を買わない。

「頼みがある」

と、話を進める。

「断る」

おくら婆さんはとりつく島もない。かわいいはずの孫の頼みの内容さえも聞こうとしない。

「さっさと帰れ」

塩でも撒きそうな雰囲気であった。

「話だけでも聞かぬかッ」

梶之進は、怒り出す。

――これでは埒《らち》が明かない。

仙次は口を挟んだ。

「聞くだけでも聞いてやってくれませんか」

おくら婆さんはとたんに、相好《そうごう》を崩す。普段から仙次のような女顔の二枚目が好みだと広言《こうげん》して憚《はばか》らない婆さんである。

「仕方ないねえ。ここは〝つばめや〟の若旦那の顔を立ててやるとするか」

自分の孫の話を聞くというだけなのに、おくら婆さんは恩着せがましい。しかも、仙次のことを〝つばめや〟の跡継ぎと勘違いしている。

「あのなあ――」

と、梶之進は文句を言いかけたが、今はそんな場合ではないと思い直したらしく、言葉を改めた。

「八丁堀の力を借りたい」

「主水のかい？」

ますます、おくら婆さんの顔は渋い。

おくら婆さんの実家の跡取り――つまり、おくら婆さんの甥にあたる与力の名を口にする。

佐々木《ささき》主水といえば、切れ者の与力として、江戸中の悪党に嫌われている。名だけのやる気のない与力・同心も多い中で、主水は見廻りも厭《いと》わず、悪と名のつくものすべてを憎んでいた。

「あの子は苦手なんだよ」

四十すぎの主水を〝あの子〟呼ばわりしている。

おくら婆さんの言うことも分からぬではない。生まれつきの善人がいないように、生まれつきの悪人もいないと仙次は思っている。人が罪を犯すには事情があって、その事情を斟酌《しんしゃく》するのも与力の役目と思うのだが、主水は手心を加えぬ男であった。

「旦那も悪《わる》いお人じゃねえんだが、加減ってやつを知らねえからな」

と、手下の芳次でさえ言っている。

しかし、主水ほど仕事のできる男は滅多にいないというのも事実である。

お由有と宋庵がどんな状態でいるのか分からぬ以上、時は一刻を争う。

江戸中に手下を持ち、常に悪を見張っていると言われる主水であれば、二人の足取りを追うことなど容易《たやす》かろう。主水のことだから、すでに居場所を知っていることだってあり得る。

「頼む」

仙次と梶之進は揃って頭を下げる。

「頼まれてもねえ……」

おくら婆さんはあからさまに迷惑そうな顔をする。

騒ぎを聞きつけて、奥からひょっこりと十五、六の若者が顔を出した。子供っぽい顔つきをしているものの、目鼻立ちの通った涼しげな若者である。

「よいところに来た、伊織《いおり》」

仙次が若武者――伊織に飛びつく。この伊織こそは佐々木主水の息子である。あと何年か後には父の跡を継いで与力となるはずの伊織であったが、堅苦しい八丁堀での暮らしを嫌がり、おくら婆さんの店に入り浸っている。

瓦版をやってみたいというあたり、極楽とんぼの仙次と似ている。ただ、仙次とは立場が違う。仙次の瓦版は、ご政道を非難する類のものではないが、それでも与力の跡取りのやることではない。

「勘弁してください、仙次の兄貴」

と、主水の実の息子である伊織までが逃げ出そうとしている。

――噂をすれば影が差す。

雀亭の暖簾が揺れ、仏《ほとけ》のように目の細い男が店に入って来た。仏顔の男を見たとたん、雀亭の様子が一変する。

「父上ッ」

伊織が悲鳴を上げ、おくら婆さんがこそこそと台所へ逃げて行く。空気がぴんと張り詰めた。

この仏顔の男が与力・佐々木主水である。武家奉公の小者の一人も連れず、その代わりに芳次の姿がある。

「何かご用ですか、父上」

上ずった声で伊織は主水に聞く。仙次以上に、ちゃらんぽらんにできている伊織も、融通が利かぬ主水のことが苦手であるらしい。与力の跡取りらしく言葉遣いは丁寧だが、すでに逃げ腰になっている。

主水が答えるより早く、芳次が口を挟んだ。

「あっしがお連れしたんです」

3

江戸での人さがしとなると、やり手の与力・佐々木主水ほど頼りになる男はいないだろう。

町人である仙次や、しがない田舎道場の道場主である梶之進には、江戸は手に余るほどに広すぎる。人の数も多い。

しかし、役人にとっては江戸ほど管理しやすい町はない。何しろ人別帳というものがあり、どこの町に誰が住んでいるのか、きっちり把握されているのだ。

また、どこから流れて来た者でも、結局、人である以上食わねばならず銭を稼がなければ顎が干上がってしまう。商人や職人に世話になれば人別帳の管理となり、やくざ者となれば土地の顔役の世話となる。

その表と裏をきっちり押さえているのが主水である。

お由有と宋庵が生きて江戸にいるかぎり、主水の目を逃れることはできないように思える。

「佐々木様、お力を貸して下せえ」

芳次が主水に頭を下げる。

いくら芳次が主水の懐刀といえ、与力と岡っ引きでは身分が違う。八丁堀の屋敷では人目もあるということで、芳次は主水をひとけのない雀亭まで連れ出したのであろう。

しかも雀亭であれば、主水の叔母のおくら婆さんに息子の伊織がいる。主水が顔を出しても、少しもおかしいことではなかろう。

常に人目を気にしなければならぬ与力に仕えているだけあって、少々、芝居がかって見えるものの、芳次のやることはそつがない。

「ふむ。行方知れずか」

主水はしばし考え込んだ後に、独り言のように呟く。

「誰にも知られず二人を隠せるとしたら、あそこしかないだろう」

「あそこ？」

仙次は聞いた。

「鬼通りのお文のところだ」

鬼通りには三つ瞳の千代松もいる。主水の言葉を最後まで聞かずに、仙次と梶之進は雀亭を飛び出した。

鬼通りのお文

1

暮れ六つの鐘が鳴り、あたりはすっかり暗くなっている。

お天道様が顔を見せている昼間でも避ける者の多い鬼通りだけあって、仙次と梶之進の他に道を歩く人影はなかった。

しかし、誰もいないわけではないらしい。

ひりひりと冷たい視線を感じる。鬼通りに入り込んで来た仙次と梶之進をそこら中の闇から見つめているのだろう。

——鬼通りの連中と悶着を起こしてはならぬ。

本所深川に住む者ならば、子供でさえも知っていることだった。

鬼通りは本所深川の外れ、〝鬼の橋〟と呼ばれている橋を渡り、半刻ばかり、ぶらぶら歩いたところにある。

奥まったところに〝お文の店〟と呼ばれる飯屋だか宿屋だか分からぬ店がある他は、雑木林が広がるばかりの寂しい通りである。野良犬一匹、迷い込むことがないと言われている。

人別帳のしっかりした江戸の町では、いったん道を踏み外してしまうと、二度とまっとうな道に戻れず、居場所さえも失ってしまう。

そんな連中を鬼通りの顔役・お文は受け入れてくれるのだ。親でさえも裏切る悪党どもが、お文に忠義立てするのも当然であろう。

いつのころからか、お文を守る悪党どもは〝鬼人《おにびと》〟と呼ばれ、江戸中から恐れられるようになった。お文自身は悪事に手を染めるでもなく、飯屋だか宿屋だか分からぬ店を営んでいるだけということもあって、岡っ引きどころか、奉行所でさえも手出しできないと言われている。

そんな剣呑《けんのん》なところに、たった二人で乗り込むのは、自分のことながら命知らずであろう。

「お由有に手を出したら、鬼人だろうとお文だろうと容赦はせぬッ」

仁王のような顔で梶之進が喚き、静かな鬼通りに響き渡った。

その声に呼応するように、暗闇から黒の着流し姿のいくつもの影が現れた。

——鬼人衆である。

豪傑でも縮み上がりそうな視線の中、仙次と梶之進は、鬼通りのどん詰まりにあるお文の店へ向かって、ひた走る。

やがて、お文の店の提灯が見え始めたころ、仙次と梶之進の前に、いくつかの影が立ちはだかった。

一様に顔が陰っていて、区別がつかない。

「鬼人衆だ」

分かりきったことを仙次は呟いた。

本所深川で生まれ育った仙次だけあって、流れ者や破落戸《ごろつき》を見慣れていたが、流れ者や破落戸などは、鬼人衆と呼ばれる連中に比べれば愛嬌があるように見える。

鬼人衆は破落戸のように酒にも博奕にも興味を示さない。お文の近くで死んで行く以外に望みを持たぬ連中であるとも噂に聞く。

「邪魔だ、退《の》け」

梶之進が言う。

もちろん、言っても分からぬ相手であることは、梶之進とて知っている。その証拠に、すでに刀に手をかけている。

梶之進を見て、鬼人衆の一人は冷たい声で言う。

「間違って、迷い込んだわけではないようだな」

それから、仙次をちらりと見ると、他の鬼人衆に言葉をかけた。

「使うのはでかい方だ。ただ、小さい方も何をするか分からん」

闇の中で、ぎらりぎらりといくつもの刃物が光った。鬼人衆が匕首《あいくち》を抜いたのだろう。

今にも飛びかかりそうな梶之進を制して、仙次は鬼人衆に言う。

「喧嘩するつもりはない。人をさがしに来たんだ。用が済んだら、すぐに帰る」

「誰もおらん」

冷ややかな声が返って来た。

「ぐずぐずしている場合か、仙次ッ」

梶之進が痺れを切らして、仙次を押し退け、鬼人衆をじろりと睨む。

「通るぞ」

「通さぬ」

梶之進が、すらりと刃を抜き、大太刀を中段に構える。

「愚かな男だ」

ため息まじりの言葉を残して、鬼人衆がすうと闇に溶けた。次々と消えて行く。一人残らず、見事なまでに気配を消している。

道を空けてくれたわけではなかろう。何が始まるのか仙次には分からない。

「梶之進――」

と、友に声をかけたが、「黙っておれ」と言われた。

見れば、梶之進は目を閉じ、闇に耳を澄ましている。

ひりひりと肌に突き刺さるような静寂《しじま》が闇を支配していた。仙次には鬼人衆がいなくなってしまったようにしか見えない。

やがて。

つつつと梶之進の足が動き、電光石火。何の前振りもなく、真横の闇を斬り裂くように太刀を薙《な》いだ。

ぶしゅりッと肉が斬れる音、そして、血の吹き出す音が仙次の耳を打つ。

一呼吸遅れて、匕首を握った黒い着流しの男が闇から姿を見せた。

男の胸からは、ぽたりぽたりと血が滴り落ちている。梶之進が斬ったのは闇ではなく、鬼人の胸であった。

「手当てすれば傷も残らんはずだ」

梶之進は言った。

しかし、梶之進に斬られた鬼人は背中を見せない。手当てをするつもりどころか、退くつもりなどないようである。

左手で斬り裂かれた胸から血を掬《すく》うと、血化粧のつもりか頰に塗った。鬼人は独り言のように呟く。

「腕は立つが、甘い男だ」

血化粧の鬼人は甲高《かんだか》く口笛を吹き、それから、

「人を殺せぬ男だ。我らの敵ではない」

と、独り言のように呟くと、闇の中へ命じた。

「でかい男に一斉にかかれ。生かして帰すな」

無言のまま、闇が動いた。静まり返っていた闇の中から、次々と鬼人衆が浮き上がる。

梶之進は二重三重に取り囲まれている。

「殺《や》れ」

血化粧の鬼人の命を受けて、無言のまま、鬼人衆が梶之進を目がけて、次々と襲いかかって来る。

光の届かぬ闇の中で、人に見捨てられた異形の鬼どもが梶之進の血を啜《すす》ろうとひた走る。図体こそ大きいが、幼いころから剣術修行で鍛え上げている梶之進の動きは素早い。

「面倒な連中だ」

と、舌打ちしながら、右へ左へと鬼人衆を躱《かわ》して行く。

世に聞こえた鬼人衆が、梶之進を刺し殺すどころか身体に触れることさえできぬ。鬼人衆といっても、しょせんはちんぴらであろう。江戸で指折りの梶之進の敵ではないらしい。

ただ、梶之進はやっぱり梶之進だった。

血化粧の鬼人の言うように、梶之進は鬼人衆を一人として斬り殺そうとしない。もはや刀も向けていなかった。それが命取りになる。

血化粧の鬼人は人を斬れぬ梶之進を「甘い」と言ったが、戦国時代でもあるまいし、まっとうな生活を送っている者に人を斬る機会などあろうはずがない。

――だが、今回ばかりは相手が悪い。

これまで、それこそ人殺しのような悪事に手を染め、自業自得とはいえ居場所を失い、最後の砦《とりで》としてお文に匿《かくま》われている鬼人衆が相手なのだ。人を殺すことなど何とも思っていまい。

しかも、血化粧の男の口笛を合図に、鬼通りの闇の中から、次から次へと黒い着流し姿の鬼人衆が湧いて来る。江戸の町には、これほどまでに行き場を失った連中が多いのだ。一人も斬らぬのだから、敵は増える一方である。

「この期に及んで斬らぬとは本物の馬鹿か――」

血化粧の鬼人が呆れたように呟いた。

梶之進の足が縺《もつ》れ始める。匕首を躱し切れなくなり、少しずつ袖のあたりを斬られていく。着物だけではなく肉も斬られているのか、血が滲んでいる。

梶之進が斬られるのも時間の問題と思われた、そのとき、鈍っていたはずの梶之進の動きが、再び、もとに戻った。

稲妻のような素早さで梶之進は血化粧の鬼人に打ちかかり、あっという間に地べたに組み敷いた。

「ふ。死んだふりをしておったか。下らぬ小細工をしおって」

組み敷かれているというのに、血化粧の鬼人の顔には余裕がある。

梶之進は聞く。

「きさまが頭目《とうもく》だろう？」

少なくとも、血化粧の鬼人が、他の鬼人衆に命令する立場にあることは間違いない。

その証拠に、梶之進に組み敷かれたのを見て、鬼人衆の動きがぴたりと止まった。

「だとすると、何だ？」

血化粧の鬼人は薄く笑う。

「命が惜しければ、手下をさげろ」

梶之進は刃を血化粧の鬼人の喉笛に向けた。

「少しは利口かと言ってやりたいところだが、やはり馬鹿は馬鹿のようだな」

梶之進の刃を前に、血化粧の男はびくともしない。

「ぬ？」

はったりとは思えない口振りの血化粧の鬼人の言葉を聞いて、組み敷いている梶之進の方が戸惑う。

「おれを人質にして、鬼人衆を操るつもりらしいが、人を殺せぬきさまに脅せるはずがなかろう」

血化粧の鬼人はあからさまに梶之進を馬鹿にする。

「鬼人など人と思っておらぬ」

梶之進は言い返すが、このやさしい男に人を殺せるわけがない。見るからに、梶之進は組み敷いている血化粧の鬼人を持て余している。

しかも、血化粧の鬼人の言いぐさではないが、梶之進はやっぱり甘い。組み敷いたはいいが、血化粧の鬼人の匕首を奪い取っていなかった。

――声をかける暇もなかった。

下から梶之進に目がけ、匕首が伸びた。

間一髪で匕首を躱し、脾腹《ひばら》に蹴りを入れるが、梶之進は血化粧の鬼人から離れてしまった。

脾腹を蹴られ、血化粧の鬼人は動けぬようだが、仙次と梶之進は鬼人衆に囲まれたままである。これでは、お由有をさがすどころではない。

「ちッ」

梶之進は舌打ちすると、血化粧の鬼人の持つ匕首を蹴り飛ばした。

からんと仙次の足もとに血化粧の鬼人が持っていた匕首が転がって来た。吸い込まれるように、仙次は匕首を拾い上げる。

ぞくり――。

心地のよい妙なさむけのような感覚が背中に走った。次の刹那、すとんと仙次の意識が飛んだ。

そして、気づいたときには梶之進を退け、いつの間にやら、血化粧の鬼人に馬乗りになっていた。

仙次の口から冷たい言葉が落ちる。

「鬼人衆を引き上げろ」

「ふ」

血化粧の鬼人が笑う。優男の仙次を舐めているのだろう。

「右頬」

仙次の口から言葉がこぼれ落ちた。そして、匕首を持った右手が勝手に動き、血化粧の鬼人の右頬を匕首の刃ですうと撫でた。

――それほど深く斬ってはいない。

しかし、ぱっくりと傷口が開いた。鬼人衆が息を飲む音が耳につく。

「左頬」

仙次の声は闇に溶ける。

同じように左頬を斬った。組み敷いている血化粧の鬼人の両頬から、ぽとりぽとりと地面に血が滴《したた》り落ちる。

「もう一度だけ言う。鬼人衆を引き上げろ」

瞬き一つしない仙次を見て、血化粧の鬼人の顔に初めて怯えが走る。

「こんなことをして、ただで済むと思っているのか？」

仙次は返事をしない。その代わりに、次に傷つける場所を呟く。

「右眼」

「――仙次、やりすぎだぞッ」

梶之進が怒鳴っているが、仙次の右手は止まらない。血化粧の鬼人の眼を匕首で撫でてやりたくて仕方がないのだ。

——仙次さん、ほら、おいらの言った通りだろ？　仙次さんは人殺しなんだよ。

千代松の声が蘇る。

仙次の右手がゆっくりと血化粧の鬼人の右眼へと近寄って行く。自分でも笑みがこぼれているのが分かった。

「ひぃッ、やめろッ。分かったッ。てめえら退《ひ》けッ」

血化粧の鬼人の悲鳴が鬼通りに谺《こだま》する。

「もう遅い」

自分でも右手を止めることができない。鬼人衆どころか、お由有のことも仙次の頭から飛んでいた。

「仙次ッ」

梶之進の声が遠くから聞こえた。仙次の目には血化粧の鬼人の眼玉しか映っていない。

仙次の匕首が血化粧の鬼人の眼玉に吸い込まれる刹那、一筋の風が走った。

びしりッと右手に衝撃が走り、仙次は匕首をぽろりと落とした。何が起きたのか確かめる間もなく、ざばんと水が降って来た。

急に視野が開けた。

「この馬鹿者が」

「にゃん」

いつの間にか、仙次の目の前に鬼一じいさんと猫ノ介が立っていた。

2

江戸中で恐れられている鬼人衆も鬼一じいさんの敵ではなかった。

「うるさい連中だ」

と、蠅《はえ》でも追うように、ばたばたと鬼人衆を打ち倒して行く。

多人数相手の刀というものは思いの外、役に立たないもので、一人二人と斬ると血脂で斬れなくなってしまう。たいていの剣術使いは一対多数を嫌う。

しかし、鬼一じいさんは桁外《けたはず》れであった。

刀の峰で頭や首筋をぴしりッぴしりッと打って行く。

峰打ちというけれど、刀というやつは鉄の棒である。そんなもので、鍛え上げた剣術使いに急所を殴られて立っていられるわけがない。

しかも、年寄りの例に漏れず、鬼一じいさんは容赦を知らない。打たれた鬼人衆は、呻き声も上げず、次々と昏倒して行く。

鬼人衆といっても、頭目格の血化粧の鬼人が仙次相手に醜態を晒した以上、ただの烏《う》合《ごう》の衆になり果てている。

人を斬れぬ梶之進も鬼一じいさんに倣《なら》って、刀の峰で倒して行く。

さらに、もう一人、援軍が現れた。

簪の芳次である。

「無茶をしちゃいけねえぜ、仙次さん」

銀色に光る簪を十手の代わりに使いさばき、鬼人衆たちを倒して行く。どんな細工がしてあるのか、鬼人衆の匕首を受けても、簪には傷一つつかない。

その動きは、鬼一じいさんに劣るものの、梶之進と遜色《そんしょく》ない素早さである。情け容赦のない岡っ引きだからなのか、芳次の眼は冷たい。

「おれは若先生ほど甘くはねえぜ」

芳次の言葉に鬼人衆が圧倒されている。

芳次は倒れた鬼人衆を素早く捕縄で縛り上げる。世に聞こえた鬼人衆が、誰一人として抵抗しようとしなかった。

——と、そのとき、

「にゃん」

猫ノ介が小さく鳴いた。

見れば、提灯がふわりと近づいて来た。

新手の鬼人衆かと見ていると、闇の中から浮かび上がったのは、やさしい母親を思わせる穏やかな顔つきの四十前の女だった。

腑抜けのように地面に転がっていた血化粧の鬼人が正気を取り戻して、飛び起き、大声を上げた。

「お文さん、来ちゃならねえッ」

このやさしげな女が、鬼通りの顔役・お文であるらしい。

「何の騒ぎですか、簪の旦那」

お文は咎《とが》めるように芳次に聞く。

「お文、ちょいとおめえさんに聞きてえことがあって来たんだ」

凄腕の岡っ引きだけあって、鬼通りのお文を前にしても芳次は怯《ひる》まない。しかし、貫禄ならば、お文も負けていない。

「しけた場末の飯屋のおかみのあたしが、簪の旦那のお役に立てるとは思いませんが」

お文は地べたに転がる鬼人衆を見て眉をひそめる。手下を道具扱いする顔役も多い中、お文はちょいと違っているらしい。真新しい手ぬぐいで血化粧の男の顔を拭いてやったりしている。

お文は言う。

「ずいぶん若い衆を痛めつけてくれたのですね」

「通してくれぬのだから仕方あるまい」

芳次はさらりと受け流し、話を進める。

「おめえさんのところに、医者と若い娘の親子がいるだろ？　今までは見逃して来たが、人さらいとあっちゃあ勘弁できねえぜ」

宋庵とお由有がいるものと決めつけている口振りである。

お文は肩をすくめて見せた。

「何度も申し上げましたように、うちは飯屋でございます。宿屋はほんのおまけ。馴染みの者しか泊めておりません。医者など泊めたおぼえもございませんよ、親分さん」

どこまでも飯屋の女主人で通すつもりでいるようだ。

のらりくらりと芳次の言葉を躱すお文に、焦《じ》れた梶之進が口を出す。

「店を改めさせてもらうぞ」

「――簪の旦那」

わざとらしく作った呆れ顔で、お文は芳次を見る。

「お上が、こんなことをしていいんですかねえ」

「剣術使いは言葉が乱暴でいけねえ。ちょいと飯を食わせてもらうだけさ」

芳次は薄く笑う。

今日の芳次は〝簪の親分さん〟と町人たちに慕われている男と同じ人物に見えぬ。女であるお文でさえ殴り飛ばしそうに見える。

芳次はお文の店へ歩き始める。

「よしてくださいよ、親分さん」

お文が芳次の前に立ち塞がる。

「力ずくでも通るぜ」

芳次は言った。

血化粧の鬼人が蘇り、芳次とお文の間に割って入った。先刻までの冷たい顔つきではなく、必死の形相《ぎょうそう》をしている。

「命に代えても行かせねえッ」

何人かの鬼人衆が立ち上がり、血化粧の鬼人に倣う。再び、合戦じみた争いが起こりそうな気配だった。

お文のためなら、何の躊躇《ためら》いもなく人を殺すと言われている鬼人衆である。お文が姿を見せた以上、先刻にも増して激しく抵抗するに違いない。

「仕方のない連中じゃのう」

「にゃん」

面倒くさそうな顔を隠しもせず、鬼一じいさんと猫ノ介が割って入る。

お文が鬼一じいさんを見て、再び、ため息をつく。

「鬼一先生まで、このお文を苛《いじ》めるんですか？」

鬼通りの顔役・お文は鬼一じいさんのことを知っているらしい。どことなく、馴れ馴れしい口振りである。

「人さらいなどしてはならんな」

鬼一じいさんは聞く耳を持たない。二人の間に何があったのか知らぬが、どことなく今日の鬼一じいさんは素っ気ない。

「人さらいをしたおぼえはございませんが」

お文は肩をすくめる。

「店の中を見れば分かる」

梶之進は足を進める。

「ご無体《むたい》なことを」

お文は梶之進を睨む。

極楽とんぼとはいえ、商人の家で生まれ育った仙次には、お文の気持ちが分かる。飯屋といっても、お文の店は宿も貸す。客には、臑に傷持つ者も多いはずである。易々と岡っ引きなどに踏み込まれては、商人の看板にかかわる。

——それだけではない。

騒ぎを聞きつけ、店から出て来たのを見て分かるように、お文は身を挺して鬼人衆を守ろうとしている。

さらに、もっとお文が大切にしている何かが店にあるのかもしれない。

「無理でも通るぜ」

芳次が歩きかけたとき、何の気配もなかったはずの仙次の背中の闇から、小さくさくりと足音が聞こえた。

さくりに誘われるように、仙次の背筋がぞくりと凍りつく。仙次は振り返った。

闇の中から唐突に黒い手ぬぐいで眼を隠した子供が現れた。

「千代松、ここに来てはなりませんッ」

突然、お文が狼狽《ろうばい》する。

「子供の出る幕ではない」

引っ込めとばかりに梶之進が言う。梶之進は千代松の正体に気づいていない。

そして、正体に気づいていないのは梶之進だけではなかった。

芳次と鬼一じいさんも妙な顔をしている。

どんなからくりがあるのか知らぬが、みな、千代松のことをおぼえていられないらしい。仙次以外の人間は、何度会っても千代松と初対面のままなのだ。

だから、梶之進たちは、ただの子供が鬼通りに紛れ込んで来たと思ったのだろう。黒い手ぬぐいで三つ瞳を隠せば、そこらの子供と変わらぬ姿格好の千代松である。鬼通りには不似合いと言えぬこともない。

芳次が千代松に話しかける。

「どこの坊主か知らねえが、あっちに行ってな。怪我するぜ」

「おいら、仙次さんの友達だよ」

千代松は答えた。

「ぬ？　仙次の？」

一同の視線が仙次に集まる。千代松は、三つ瞳の黒瓦版売りであることを伏せたまま話を進めるつもりらしい。

訳が分からず戸惑っているのは仙次も同じである。何か言ってやろうにも、喉から言葉が出て来ない。千代松が、なぜ自分につきまとうのか分からなかった。

年寄りの茶屋の宣伝にすぎない話が、いつの間にか、お由有と宋庵の行方不明、与力、鬼通りの顔役、さらには千代松と思いもよらぬ方向に進んでいる。

「何の用だ、千代松」

聞いてみたものの、自分の声とは思えぬほど硬く強張《こわば》っていた。

千代松の姿を見るたびに、お由有を殺す行く末の自分の姿が思い浮かぶ。見ていて愉快な相手ではない。梶之進たちにも近づけたくなかった。

しかし、十年二十年と先のことを見通すと評判の三つ瞳の千代松である。お由有と宋庵の行方が分からぬ以上、邪険にするのも躊躇《ためら》われる。

千代松は仙次に言う。

「お由有さんをさがしているんだろ？」

「そうだ」

「鬼通りにはいないよ」

「ん？」

「お由有さんも宋庵先生もここにはいない。本当だよ」

千代松は淡々と言う。嘘をついているようには思えぬが、「はい、そうですか」と引き下がるわけにも行かない。

「店の中を改めれば分かる」

芳次は聞く耳を持たず、お文の店の方へ近寄ろうとする。

再び、鬼人衆との間で悶着が起こりそうになったとき、仙次以外の人間の時が、ぴたりと止まった。歩きかけた姿勢の芳次に、一刻も早くお由有を見つけようと気のはやっている梶之進。誰もが人形のように固まっている。

訳の分からぬ静寂の中、千代松の大人びた声が聞こえた。

「仕方のない親分さんだ」

見れば、いつの間にか千代松が黒い手ぬぐいを外して、三つ瞳を闇夜に晒している。漆黒色の三つ瞳が何もかもを吸い込んで行くように、仙次には思えた。

「何のつもりだ、千代松」

仙次はかすれる声で聞いた。千代松が化け物ということは分かっていたが、まさか時まで止められるとは思わなかった。

「話を聞いておくれよ、仙次さん」

千代松は言った。

「何の話だ？」

「今回の一件だよ」

「何もかも復讐のための狂言だったんだろ？」

仙次は言ってやった。おぼろげながらではあるが、人魚騒動を見たときから事件の想像はついている。

「狂言？」

千代松が不思議そうな顔をする。

「茶屋の老夫婦が孫娘の仇を討つために、一芝居、打ったのさ」

仙次は言った。茶屋の孫娘は木下弥吉郎と斎正のせいで自殺に追い込まれたのだ。大川の年寄り連中が悪《あ》しざまに弥吉郎の死を罵《のの》しる姿を見ておかしく思い、古い町の噂に耳を傾けたところ、茶屋の孫娘の死の真相を知ったのである。

どんなに綺麗事を言ったところで、人は他人を恨むことをやめはしない。ことに身内を殺されたのだ。仕返しをしようとするのは当然のことだろう。

茶屋で見た明るい柄の着物が、仙次の頭に思い浮かんだ。

「でも相手が悪い」

仙次は言う。

どんなに恨みに思ったところで、相手は武士、それも小藩とはいえ雲の上の殿様である。仕返しどころか、茶屋の老夫婦では会うことさえ難しい。

世の中には、越えることのできない身分という壁がある。

本来であれば、本所深川の老人たちが会える相手ではない。

しかし、幸いなことに、相手は家臣にさえ愛想を尽かされている馬鹿殿だった。家臣の言うことを聞かず、ふらふらと町場で遊び歩いている。

殺した方法までは分からぬが、本所深川の年寄り連中の手を借りて存分に復讐したのだろう。

仙次は言う。

「人魚騒動は安達斎正を誘《おび》き出す餌だったんだろ？」

町人が武家——それも藩主に会うためには、二本差しの方からやって来なければならない。

「年寄りが海里藩の連中を嫌っていたときに気づくべきだった」

いくら傍若無人な年寄り連中でも、その身分は町人にすぎない。面と向かって、武士の悪口を言うのは、よほどのことであろう。

「あり得ないよ、仙次さん。その謎解きは穴だらけだよ」

千代松は首を振る。

「いくら不思議好きでも人魚の噂だけで藩主が来るわけないし、復讐って言うけど、年寄り連中だけで、そんなに簡単に人を殺せやしないよ」

そう言って千代松はちらりと梶之進を見る。確かに、剣術使いである梶之進でさえ、鬼人衆を殺せなかった。

千代松は言葉を続ける。

「弥吉郎が死んだのは、仙次さんの謎解きに近いけど、他はおかしいよ」

「どこがおかしい？」

仙次は聞き返す。

「仙次さんの謎解きだと、お由有さんと宋庵先生が行方不明になった理由が分からないだろ？」

言われてみれば、その通りである。

「それじゃあ、いったい……？」

「だから、おいらの話を聞いておくれってば」

千代松の三つ瞳が暗い光を放った。

仙次の身体が暗い光に包まれ、千代松を含めた周囲の何もかもが消えた。誰かの思考が、仙次の脳裏に流れ込んで来る。

暗い光の中で、千代松の声が聞こえた。

「今から事件の真相を、仙次さんに見せてあげるよ」

＊

気づいたときには、仙次は弥吉こと木下弥吉郎になっていた。

武士

1

弥吉の家は、祖父の代まで軽輩ではあったが侍だった。

それが、しがない町人となったのは、祖父が下らぬ恋をしたからに他ならない。

武士にはよくあることだが、祖父には生まれたときから許嫁《いいなずけ》がいた。

祖父はその許嫁を捨て、町娘と恋に落ちたのであった。どこで二人が知り合ったのか弥吉は知らぬ。しかし、この町娘が弥吉の祖母である。

ちなみに祖父の名は弥《や》一郎《いちろう》、祖母の名はお藤《ふじ》と言った。

——なぜだ？

物心ついたときから、弥吉は毎日のように首をかしげていた。

我が祖母のことながら、弥吉にはお藤が美しい女には見えない。老いても美しい女はいくらでもいるが、お藤はお世辞にも佳人ではなかった。むしろ、醜女《しこめ》に見える。

――蓼《たで》食う虫も好き好き。

容姿だけなら、弥吉もここまで首をかしげはしなかっただろう。

形式の上とはいえ、弥一郎はお藤の家に婿入りしたことになっている。

小糠三合あるならば入り婿するなというが、婿入り先のお藤の実家は貧しく、小糠三合どころか多額の借金を抱えていた。

確かに、武士の暮らしは楽ではない。しかし、二本差していれば、ろくに才がなくとも棒給をもらえる。

醜女のために、武士の身分を捨て、その代わりに気が遠くなるほどの借金を抱えることになった弥一郎の気持ちが分からなかった。

祖父のことを理解できぬまま時は流れた。弥一郎は死に、お藤も死んだ。不思議なことに、ろくに食うものも食えない一生であったのに、二人とも幸せそうな死に顔をしていた。

お藤の棺桶には、遠い昔、弥一郎が贈ったという安物の簪が入れられていたのを、弥吉はおぼえている。

さらに時は流れ、弥吉が十五の年に、本所深川一帯に性質《たち》の悪い病が流行った。

貧乏人というやつは、富籤《とみくじ》には当たらぬが、病には当たるようにできている。

薬を飲ませる暇もなく、弥吉の二親はあの世とやらへ行ってしまった。

後には、天涯孤独の身の上となった弥吉が一人取り残された。

2

貧しいのは相変わらずであったが、男一人であればどうにか食って行くことはできた。正業に就《つ》かず、金がなくなると口入れ屋を頼る毎日である。

気楽といえば気楽な暮らしだが、弥吉は鬱々《うつうつ》として楽しまなかった。

威張り腐って道を歩く二本差しを見るたびに、弥吉の胸は痛くなった。

——本来なら、おのれも侍なのだ。

気づいたときには、弥吉は侍に憧れていた。

万事、金次第の世の中のことで、金さえあれば町人でも武士になれた。家柄を買うこともできるし、しかるべき家に養子に入ることもできるのだ。

しかし、弥吉には銭がない。

武士になれる見込みは、小指の爪ほどもなかった。

弥吉が木刀を振り始めたのは、侍に憧れたためではなく、澱《おり》のように溜まった鬱憤《うっぷん》を少しでも晴らすためだったのかもしれない。

＊

茶屋の娘・おまきと出会ったのは、大川で木刀を振っているときだった。

見込みのないおのれの行く先を叩きのめすつもりで木刀を振っていると、絹を裂くような悲鳴が聞こえて来た。

見れば、大川堤の茶屋の近くで娘が破落戸《ごろつき》らしき連中に絡まれている。

弥吉は駆け寄ると、破落戸どもに言ってやった。

「みっともない真似はよさぬか」

一瞬、破落戸どもがぎょっとした顔を見せた。木刀を握る姿と、堅苦しい言葉遣いを耳にして、弥吉を侍だと思ったのかもしれぬ。

しかし、世間は狭いもので、破落戸の一人が弥吉のことを知っていた。

「侍もどきじゃねえか」

嬲《なぶ》るような口振りで、弥吉に言った。

とたんに、弥吉の肝っ玉は縮み上がる。

弥吉のことを〝侍もどき〟と呼んだのは、浪人崩れの破落戸で、名は丹下、町場では〝狂い犬〟と呼ばれる男だった。

常に刀を腰に差し、気に入らぬことがあると刀を抜くのだ。

狂い犬は刀に手を置きながら、一歩二歩と弥吉の方へ歩み寄って来る。

「ちょいと稽古をつけてやるか」

弥吉の膝が、がたがたと震え始めた。狂い犬の刀から目を離すことができない。

相手は人を殺すことなんぞ、何とも思っていない狂い犬の丹下。一方、弥吉は刀など持ったことさえないのだから、怯えるのも当然である。

——逃げようか。

と、思わなかったといえば、嘘になる。

しかし、弥吉は木刀を片手にその場から動かなかった。

精いっぱい強がった声を娘にかけた。

「あっちへ行ってなせえ」

娘はうなずくと、茶屋の方へ駆けて行った。破落戸どもは娘に見向きもせず、蛇が蛙を見るような目で、弥吉を眺めていた。

――殺される。

弥吉でなくとも、そう思っただろう。

実際、狂い犬の丹下は刀を抜き、その他の破落戸どもは匕首を抜いた。

逃げ出そうにも、いつの間にやら、破落戸どもにぐるりと囲まれている。

絶体絶命のそのとき、いなせな声がすとんと割り込んで来た。

「喧嘩なんてくだらねえ真似はよしなよ」

いつの間にか、色白の役者顔の男が弥吉たちを見ていた。こんな場面に行き当たったというのに、懐手をして薄い笑みを浮かべている。

役者顔の男を見て、破落戸どもが騒ぎ出す。連中は役者顔の男のことを知っているらしい。

抜き身の太刀を隠そうともせず、狂い犬が役者顔の男に言う。

「簪の親分さんよぉ。怪我をしたくなかったら、あっちへ行ってな」

ようやく、弥吉は役者顔の男の正体に思い当たる。

〝簪の芳次〟

本所深川一帯を縄張りにする岡っ引きである。

しかし、狂い犬は岡っ引きを恐れる様子もない。

「あっちへ行かねえと、てめえから斬るぜ」

しきりに芳次を挑発している。

「やってみなよ」

芳次は凄味のある笑みを浮かべた。

「死にやがれッ」

と、狂い犬が岡っ引きを目がけて斬りかかったが、命を落としたのは芳次ではなかった。

正直なところ、弥吉には何が起こったのか分からなかったが、地べたに転がったのは狂い犬の丹下だった。

「ふざけやがってッ」

破落戸の一人が芳次に襲いかかって来たが、白刃が一閃、銀色の何かが光ったと思った刹那、破落戸の頬がぱっくりと切れた。

どろりと血が流れる。

「命を粗末にするんじゃねえよ」

簪の芳次は言った。

3

騙すつもりは微塵《みじん》もなかった。

気づいたときには、破落戸どもから、弥吉がおまきを救ったことになっていた。

聞けば、芳次がそんな話を茶屋の老夫婦にしたというのだ。

若い娘に感謝されて悪い気になる男はいない。ましてや、おまきはつつましい様子ながら美しい娘だった。

いつの間にか、弥吉はおまきと恋仲になり、入り婿のように茶屋で暮らしていた。このまま何事もなければ、茶屋の主人として一生を送ったであろう。

しかし、事件は起こった。

人は夢を見る動物だが、時として夢というやつは人生を狂わせる毒となる。

——侍になりたい。

祖父の失った身分を取り戻すことが、相も変わらぬ弥吉の夢であった。

茶屋の暮らしは貧しく、武士になることは絶望的に思えた。

飽きることなく、毎日のように木刀を振っているが、その腕前とて破落戸風情に怯えてしまう程度のものである。

さらに、弥吉の気を滅入《めい》らせることが、もう一つあった。おまきである。

おまきは弥吉が強いと信じ切っていた。狂い犬や破落戸どもを追い払ってくれたのは、弥吉だと思い込んでいる。

おまきの勘違いのおかげで、弥吉は夫婦《めおと》になれた。おまきの勘違いを正すどころか、恋仲になるために利用したこともあった。

それが今は弥吉の重荷になっているのだ。

すべてを信じ切ったおまきの瞳から逃れるために、弥吉は酒を飲むようになった。

＊

世の中とやらは、いい加減な上に残酷にできている。

弥吉が曲がりなりにも武士になれたのは、酒に逃げたからに他ならない。

そのとき、弥吉は毎日のように飲み歩いていた。

もともと弥吉は下戸《げこ》に近い。少々の酒であっという間に酔い潰れ、だらしなく正体を無くしてしまう。見知らぬ飲み屋で酔い潰れていることも珍しくなかった。

そんな弥吉のことを、おまきはいつだって迎えに来てくれた。小さな娘の身体で弥吉を背負ってくれるのだ。

おまきの背中で正気に戻るたびに、弥吉は自分が情けなく、消えてしまいたいような気持ちになった。

自分と一緒にならなければ、おまきはもっと幸せになれる。そう思ったことも一度や二度ではない。

こうなってしまうと蟻地獄であった。

自己嫌悪を紛《まぎ》らわすために酒を飲む。

しかし、酒は一時の薬にしかならず、いっそう大きなもやもやを連れて来る。

――いっそのこと、本所深川から姿を消してしまおうか。

どこぞの飲み屋でそう思い詰めたとき、見かけぬ侍姿の男に声をかけられた。

「少々、話をしてもよいか？」

その男が海里藩の道佐だった。

道佐は、おまきを藩主の側女《そばめ》として差し出せと言った。聞けば、どこぞでおまきのことを見初《みそ》めたというのだ。

「馬鹿も休み休み言ってくんな」

弥吉は言ってやった。

しかし、道佐は引き下がらない。

「おぬし、侍になりたいのではないのか？」

誰に聞いたのか知らぬが、道佐は弥吉の望みを知っていた。

おまきを差し出せば、弥吉を士分に取り立ててくれると道佐は言った。

「だが……」

弥吉は口ごもる。

弥吉の脳裏を色々な思いが駆け巡った。祖父と祖母の姿、木刀を振るおのれの姿、自分を迎えに来てくれるおまきの姿──。

ここで道佐の申し出を断れば、おそらく、弥吉は死ぬまで町人のままである。

──それだけなら、耐えられぬこともない。

我慢できぬのは、おまきの澄んだ瞳だった。

おまきは自分の夫が、腰抜けであることを知らない。いまだに、破落戸どもから我が身を救ってくれたのは弥吉だと思っている。

正直なところ、おまきのことが疎《うと》ましかった。武士に二言はないはずなのに、おまきと一緒にいる以上、弥吉は永遠に嘘つきなのだ。

疎ましいだけなら別れればいい。

しかし、弥吉はおまきに惚れていた。自分の口から別れを切り出すことなど、できそうにない。

そんな弥吉の心の隙間に、道佐の言葉が忍び込んで来た。

「おまき殿も贅沢な暮らしができるぞ」

甲斐性のない弥吉のことで、着物の一枚、簪の一本も買ってやったおぼえがない。側女とはいえ、藩主の思い人なのだ。茶屋の女房として暮らすより幸せかもしれぬ。

――これもおまきのため。

弥吉は自分に言い聞かせた。

4

「あなたが武士になれるなら」

おまきは海里藩藩主の側女《そばめ》になることを承諾した。

反対されると思ったのだろう。茶屋の祖父母には何も言わず話を進めた。話を進めるといっても、おまきは何も言わない。ただ道佐と弥吉の話を聞いているだけだった。

勝手なもので、弥吉はそんなおまきを見て拍子抜けした。都合のいい話だが、側女に行くのを嫌がると思ったのだ。

嫌がる代わりに、おまきは言った。

「ご奉公へ行く前に、浅草に連れて行ってくださいな」

思えば、ろくに二人で出歩いたことがなかった。

弥吉はおまきと浅草を歩き、安物の着物とおもちゃのような簪を買ってやった。

おまきは子供のようによろこび、着物と簪を宝物のように抱き締めていた。

「ご奉公に行けば、もっといい着物を着られるぜ」

弥吉は言ってやったが、おまきは安物の着物と簪を抱き締め続けた。


弥吉が正式に海里藩の藩士となるのを待つようにして、おまきは死んだ。

弥吉の買ってやった明るい柄の着物を着て、安物の簪をつけて首を吊ったのだった。

書き置きは何も残っていなかった。

弥吉は道佐を頼り、下っ端《したっぱ》の武士となった。

憧れの武士の仕事は、藩主の安達斎正の機嫌を取ることで、言われるがままに、町人たちを泣かせるようなこともした。

大川で人魚釣りをしているときのことである。

ふて腐れて酒を飲みながら釣り糸を垂らしていると、背中に人の気配を感じた。

「弥吉、おめえ」

本所深川の年寄り連中を引き連れるようにして、茶屋の老夫婦が立っていた。いくつもの老いた冷たい目が弥吉を射すくめる。誰一人として弥吉のことを許していない。弥吉は自分の最期を悟った。

＊

「やはり、犯人は——」

「まだ話は終わってないよ、仙次さん」

再び、千代松の声が聞こえ、また別の男の意識が仙次の中に入って来た。初老の武士・田原左馬であった。

——この男が本当の下手人なのだろうか？

忘れ簪

1

その日の夕暮れ、左馬は大川にやって来ていた。

大川というのは不思議な川で、季節や時刻、見る者の心のありようによって異なる顔を見せる。

人込みで賑わっていれば祭りのような騒ぎだが、夕暮れになり人影が消えると、墓場のように寒々しくなる。

どっぷりと日の沈むころのことで、時刻が遅いためか、すでに人魚騒動が飽きられたのか、大川にひとけはなかった。

こんなとき、大川はやたらと寂しい。遠い昔に死んでしまった連れ合いの古女房が、ひょっこりと顔を見せそうな雰囲気である。

「まだ来ておらぬのか」

周囲に人が誰もいないのに左馬は言う。年をとると、独り言が増える。力を尽くし、田原の家を残すことができたが、左馬の心は満たされなかった。そして、その満たされなかった心の隙間を独り言で埋めようとするのだ。

しかし、独り言は新たな空しさを呼ぶばかりで、心の隙間を埋めてはくれない。夫に先立たれた女のことを、唐《もろこし》の『春秋左氏伝《しゅんじゅうさしでん》』にならって〝未亡人〟というが、妻に先立たれた老人も寂しいものである。

思い出したくもないことが頭の中を駆け巡る。

今から二十数年も昔、安達斎正の父・茂斎《しげなり》が藩主だった時代のことである。

左馬の生まれた田原家は貧しかった。

清貧《せいひん》といえば聞こえはいいが、融通が利かぬ左馬の父は、年がら年中、上役とぶつかり左遷《させん》をくり返していた。年を追うごとに暮らしは惨めになっていく。

武士とは名ばかりで内職ばかりの毎日に若きころの左馬は倦《う》み疲れていた。

「貧しくてもいいじゃありませんか」

妻の志乃《しの》は言っていたが、二十歳を超えたばかりの左馬は出世をして、藩政に携わりたかった。自分こそ、海里藩の中心にいるべきだという自負もあった。傘張りなどして年老いて行くのはごめんだった。

これが戦国の世であれば、名のある敵将の首の一つも取って来ればよいところだが、波風の立たぬ泰平の世で合戦などあろうはずがない。武に打ち込んだところで、出世の見込みなどなかった。

泰平《たいへい》な世というのは、言い換えるまでもなく万事金次第の世の中でもある。身分や地位さえ金で買える。

だが、左馬の家には金がない。藩政に携《たずさ》わるためのしかるべき地位を買うどころか、日々の暮らしさえままならない。食うに困ったあげく、志乃が実家から持って来た簪を金に換えるほど貧しかった。

「すまぬな」

言葉ばかり詫びる左馬に、志乃は、

「いいんです」

と、微笑《ほほえ》むだけで文句一つ言わなかった。そして、代わりに買ってやった粗末な安物の簪をうれしそうに身につけて見せた。

丈夫で長持ち、貧困に耐えるというのが、武家の妻女の嗜《たしな》みと言われているが、志乃は貧しさを前向きに受け止める女だった。

心映えだけでなく、志乃の美しさは藩内に聞こえ、独り身のころには始末に困るほど、たくさんの恋文をもらっていた。

無骨な顔立ちの左馬は醜男ではないまでも、決して二枚目とは言えない。若いころから、この年に至るまで女に騒がれたことどころか、浮いた話一つなかった。志乃に恋文を渡した者の中には、左馬など足もとにも及ばぬ二枚目もいるらしい。

——自分には、もったいない女だ。

左馬は毎日のように思う。

せめて、志乃に楽な暮らしをさせてやりたかったが一緒になって、何年がすぎても、その願いは叶《かな》わなかった。明らかに左馬より劣る連中が、袖の下を武器に出世して行く。

屈託だらけの毎日を送る左馬に転機が訪れた。何の前触れもなく、若く藩主になったばかりの安達茂斎から呼び出された。

安達茂斎は先の藩主と違い、聡明な藩主であり、身分に囚われず、才ある者を重用するという噂があった。

期待半分、不安半分に藩主の屋敷を訪れると、〝菊の間〟と呼ばれる政務室に左馬は通された。

茂斎は人払いすると、いきなり左馬に話しかけた。無駄な言葉を嫌うという評判は本当のことらしい。

「用人をさがしておる」

海里藩では、用人は家老に次ぐ重臣である。

左馬は平伏するばかりで返事をするどころではなかったが、胸はかつてないほどに高鳴っていた。

「左馬とやら、余の用人にならぬか？」

茂斎の言葉は単刀直入であった。

「ありがたき――」

と、言いかけた左馬の口上を遮るようにして、茂斎は言葉を続けた。

「その方《ほう》の妻女と話をしたい」

「は……？」

戸惑う左馬を見ようともせず、茂斎は小姓を呼ぶと部屋から出て行ってしまった。

小姓は左馬に言う。

「上様はそなたの妻女に夜伽《よとぎ》を命じたのだ。心しておけ」

＊

翌年、左馬は用人となった。

それと時を同じくして、志乃に赤子ができた。

「めでたいことは続くものだ」

と、周囲は祝ってくれたが、左馬の顔は晴れなかった。茂斎に抱かれる志乃の姿が、脳裏から離れないのだ。

それでも最初は赤子——道佐のことを、おのれの子と信じて育てた。いや、信じたかった。

しかし、道佐は、日に日に、茂斎に似て来ているように思えた。顔立ちが明らかに左馬のものと違う。

茂斎が志乃に夜伽を命じたことは秘密とされており、これを知る者は少ない。他藩を覗き見ても、家臣の妻に夜伽を命じた藩主も少なくないが、破倫のそしりを恐れて公《おおやけ》にしなかった。

海里藩でも、茂斎と志乃の間にあったことは闇に葬り去られた。

志乃とて望んで茂斎に身を任せたわけではないのに、男というのは勝手なもので、道佐が茂斎に似て来るたびに妻が汚らわしく見えた。聡い志乃が左馬の思いに気づかぬはずはない。

左馬は志乃に話しかけることもなくなり、妻も笑わなくなった。

ある朝、目をさますと懐刀で喉を突き、志乃が死んでいた。

左馬の買ってやった安物の簪と一緒に、一言だけの書き置きが残されていた。

『夫婦として暮らせて幸せでした。道佐のことをよろしくお願いいたします』

それから二十数年の歳月が流れ、安達茂斎が死ぬと、その長男であった斎正が藩主となった。

好色なところはあったが聡明だった茂斎と違い、斎正は暗愚であった。茂斎に似たところといえば色好みの一点だけだった。

斎正が藩主となったばかりのころ、左馬は用人を務めていた。他藩のことは知らぬが、海里藩では用人は藩主と二人きりになることも多い。

ある日、斎正は左馬に耳打ちするように言った。

「余の弟は元気か？」

慌てて周囲を見たが、部屋の中には藩主と左馬の二人しかいなかった。

「道佐と申したか？　父上から聞いておるぞ」

本当に茂斎が斎正に秘密を漏らしたのか分からぬが、藩主は確信しているらしい。

「そのようなことを――」

狼狽《うろた》える左馬を見て、若き藩主は薄く笑った。日ごろからうるさい用人を疎《うと》ましく思っていたのだろう。

「父上の代から左馬には苦労をかけたのう」

斎正は左馬を嬲《なぶ》るように言った。

言葉を返すこともできず、うつけのように座る左馬に斎正は言葉を続ける。

「くたびれたであろう、左馬」

何を言わんとしているか明白だった。

「隠居してのんびりせい。家督は我が弟に継がせればよい」

嘲《あざけ》りの笑いを残し、斎正は部屋を後にした。

あのときと同じ菊の間で、左馬は一人凍りついていた。

2

腹違いの兄弟ということもあって、相通ずるところがあったのか、道佐は斎正のお気に入りとなった。斎正の江戸詰の際にも、その姿はいつも傍《かたわ》らにあった。

学問も剣術も苦手な道佐だけに、藩主の寵愛を不思議に思う者も一人や二人ではなかったが、馬鹿殿というのは便利なもので、

「殿の気まぐれにも困ったものだ」

そんな言葉で、誰もがおのれを納得させた。

道佐が政《まつりごと》に口を出すような種類の人間であれば、重臣たちも放っておかなかった

であろうが、幸いと言うべきか、道佐は政治に関心を持たなかった。藩主とともに馬鹿騒ぎをするだけである。

「下らぬ男だ」

と、蔑《さげす》みながらも、見て見ぬ振りをした。

この見て見ぬ振りがいけなかったのだろう。

道佐の存在が火に油となり、ただでさえ芳《かんば》しくなかった安達斎正の行状がますます荒れた。町人たちに迷惑をかけることも増えた。

さらに、ある日、道佐は知ってしまった。

酒のにおいをさせて家に帰って来るなり、道佐は左馬に言った。

「どうして早く言ってくれないんだ？」

「何がだ？」

「おれの本当の父上のことだ」

酒の席で、斎正が口を滑らせたという。

聞けば、このところ、斎正の悪行を指摘し、隠居させる話が、ちらほら出始めているらしい。

その鬱憤《うつぷん》から斎正が口を滑らせたのだろう。

一瞬、しまったという顔を見せたものの、すぐに口元を引き締め、

「兄弟二人で藩を取り仕切ろうぞ」

と、愚かなことを斎正は囁いたのだった。

「藩主は酔っておられたのだろう」

左馬は誤魔かすように言ったが、自分でも顔から血の気が引いているのが分かった。

道佐は左馬の顔色を見て自分の出自に確信を持ったらしく、声色を変えた。

「今までおれを馬鹿にした連中に、目にもの見せてやる」

無能と罵《ののし》られて来た道佐も、人知れず鬱憤を溜めていたのであった。目の奥に暗い炎が宿っている。

——愚かな。

左馬は顔をしかめる。

頭に血の昇った道佐は左馬を見ていない。本気で斎正と藩政を牛耳《ぎゅうじ》るつもりであるらしい。

万一、斎正と道佐が権力を握ったところでまっとうな政治などできるはずはない。あ

っという間に海里藩は破綻してしまうだろう。

――それだけではない。

百歩譲って、斎正と道佐が権力を求めるのが自由だとしても、その過程で志乃は汚される。左馬にとって耐えられることではない。

諌めても聞く耳を持たないどころか、

「母上もおれの出世をよろこぶに違いあるまい」

と、道佐は死人を自分の都合のいいように思い浮かべる。

左馬の脳裏で茂斎と道佐、それに斎正が重なり合った。

――志乃を汚す者は許せぬ。

老いた左馬の胸に、小さな殺意が芽生えた。

*

殺意を抱いたところで、左馬は生まれつきの武士である。藩主の血筋の斎正と道佐を殺すことに躊躇いがある。

しかし、殺さねば志乃の思いが汚《けが》される。

そんな中、屈折を抱えて酒を飲んでいると、一人の簪職人が屋敷に訪ねて来た。

志乃が自害した後、左馬は後添《のちぞ》えをもらうこともなく独り身を通して来た。女に触れることなく暮らした。

寂しさを紛らわせるために、左馬は懐に志乃が残した安物の簪を忍ばせている。

大切な品ではあるが、二束三文の安物なので、ちょっとしたことで壊れてしまう。そのたびに左馬は簪を修理に出すのだ。

本所深川で一番腕がいいと評判の簪職人は、若く目鼻立ちの通った役者顔で、ひどく無口な男だった。

左馬はこの簪職人を気に入っており、簪の手入れを口実に、ときおり屋敷に顔を出すように命じてある。

酒の酔いも手伝って、左馬は簪職人に愚痴をこぼしてしまう。

もちろん、左馬だって口にしていいことと悪いことの分別くらいはついている。

「道佐にも困ったものだ」

と、言っただけである。

それなのに、簪職人は何もかも、そう——道佐の出生の秘密から藩政を握ろうとしていることまで知っていた。

しかも、町場でも噂になりつつあるという。

「なぜだ？　なぜ知っておる？」

思わず聞いてしまったが、想像はつく。

案の定、簪職人は言う。

「町の料理屋で喚いておりますぜ」

道佐自身が噂の元なのだ。

使っているのがそれなりに贅沢な料理屋だけあって、今のところ秘密を知る者は少ないが、酔って大騒ぎをすることも多い連中だけに、世間に広まるのは時間の問題のように思えた。

道佐のあまりの愚かさに、目の前に簪職人がいるのも忘れ、

「やはり死んでもらうしかないようだな」

と、呟いてしまった。

自分の言葉に驚き、場合によっては口封じと簪職人を見たが、左馬の剣呑な言葉を耳

にしたというのに、いつもと同じ顔をしている。

ほんの少し黙り込んだ後、簪の修理を請け負うときと同じ、軽い口振りで左馬に言った。

「あっしが手伝いましょうか」

「む？」

聞き返す左馬に、簪職人は同じ言葉をくり返さず、帰り支度を始めた。

気のいい若者と思っていた簪職人のはずが、左馬ほどの老獪《ろうかい》な元用人が圧倒されて、言葉をかけることもできなくなっていた。

すっかり無言になった左馬に簪職人――芳次は言った。

「手伝いますよ、旦那」

3

手伝うという言葉は正確ではなかった。

実際、左馬は何もやらず、芳次に問われるままに斎正と道佐の人となりをしゃべっただけである。

芳次は、人など殺し慣れていると言わんばかりに物事を進めた。

「消えてもらうのは三人ですね」

芳次は斎正、道佐、それに弥吉郎の名を上げた。道佐と弥吉郎は斎正の腰巾着であり、いつもつるんで町場で悪事をくり返している。この三人に泣かされた女は、一人や二人ではない。

「弥吉郎も殺すのか？」

左馬は言った。武士に幻想を抱き、妻を差し出した弥吉郎に左馬はかつての自分の姿を見て同情していた。

失意のあまり身を持ち崩しているが、言葉を交わしてみれば気の弱い男で、殺してしまうのは気の毒に思えた。

芳次は弥吉郎を見逃すつもりはないらしく、左馬を教え諭《さと》すように言った。

「あの男も何もかも知っちまってますぜ」

そう言われてしまうと、見逃すことはできない。

言葉を失った左馬を尻目に、芳次は斎正たちを追い詰めて行く。左馬は芳次の裏の顔に怯えながらも、殺人計画を止めようとはしなかった。

芳次が最初に目をつけたのは弥吉郎だった。

左馬の睨んだ通り、弥吉郎は気の小さな男で、おのれの身の栄達の代わりに妻おまきを差し出し、ついには死なせてしまったことを気に病んでいた。

「まったくの善人がいねえように、生粋《きっすい》の悪人もいねえんですよ」

芳次は独り言のように呟いた。普通の人間が、場合場合に応じて善人になったり悪人になったりするというのだ。

弥吉郎は、まさに芳次の言う〝普通の人間〟というやつだった。

妻おまきを死なせ、弥吉郎自身も身を持ち崩した挙げ句、斎正や道佐と破落戸の真似事をしつつも、おまきの父母――大川堤の茶屋の老夫婦を心配していた。

茶屋の老夫婦はおまきの死を知ると気落ちし、もともと病気がちであったこともあり、老婆の方が寝ついてしまっていた。

酒を飲むと、弥吉郎は「謝りたい」と言い出す始末らしい。

――半端な男だ。

ますます左馬は弥吉郎を哀れに思う。

土下座の一つもして、泣いて詫びれば茶屋の老夫婦が、弥吉郎を許してくれるとでも思っているのだろう。

しかし、弥吉郎は茶屋の老夫婦のところへ行くことができない。

武家奉公、ことに弥吉郎のような取るに足りぬ小者の場合、上役――つまり、道佐の許可を得ずには外出さえ自由にできない。

小心者の弥吉郎なので、許可を求めることすらできずにいるに違いない。

芳次はそこに付け込んだ。

若者は明日を見て生きるが、年寄りは昨日を思い出しながら生きている。恨みは澱《おり》のように溜まり、長い歳月を経て岩になる。

昔話のじいさんばあさんでもあるまいに、現実の年寄りが涙を流して泣いたくらいで弥吉郎を許すはずがない。事実、茶屋の老夫婦は孫娘を奪った男たちをけっして忘れていなかった。

大川に死骸が浮くのは珍しいことではない。

茶屋の老夫婦たちは、人魚騒動を餌に斎正や道佐、弥吉郎を呼び寄せ、仇を討つつもりでいたのだ。

実のところ、斎正や道佐の毒牙にかかった町娘は数え切れぬほどいた。

自分の孫や隣近所の知り合いの娘が泣かされたのかもしれぬし、幼い孫娘の将来を慮《おもんぱか》ったのかもしれぬし、もしかすると長生きしすぎて暇を持て余しただけかもしれぬが、とにかく年寄り連中は茶屋の老夫婦に協力した。

「上手《うま》くいくのか?」

淡々と計画を進める芳次に、左馬は不信を持った。

確かに、斎正は物珍しいことが好きであったが、そう簡単に大川に足を運ぶとは思えなかった。

「そのために弥吉郎がいるんですぜ」

芳次はカタチのいい眉をぴくりと動かして見せた。しかも、芳次には左馬という手駒もいる。左馬を通じて道佐に、藩主が大川に足を運ぶよう、「人魚ごときに怖じ気づいては、藩の名折れですぞ」などと進言させていた。からくりはそれだけではない。

またしても驚いたことに、芳次は斎正のことも知っているらしい。

「元ご用人を前にして言いにくいですが、藩主のご身分で賭場に出入りするなんぞ、本物の馬鹿殿ですぜ」

芳次はきっぱりと言うと、斎正たちとの馴れ初めを話し始めた。

我が主君ながら、顔が赤らむような話だった。

おとなしく料理屋で酒でも飲んでいればいいものを、斎正たちは無頼を気取り、怪しげな賭場に出入りしたというのだ。

「カモにされて当然ですぜ、あれじゃあ」

芳次はため息をつく。

斎正たちは無頼のつもりでも、格好を見れば、どこぞの世間知らずのお坊ちゃん武士と誰でも分かる。

賭場の博奕打ちたちは、斎正たちに一つ二つ勝たせてやり調子に乗せると丸裸にしてしまった。

斎正は青ざめたが、まさか藩邸から金を取り寄せるわけにはいかない。馬鹿殿と呼ばれ、ただでさえ風当たりが強いのだ。そんなことをすれば、明日にでも隠居させられてしまうだろう。

古今東西、こんなとき損をするのは家来と決まっている。

「弥吉郎、何とかせえ」

と、一番下っ端の弥吉郎に何もかも押しつけ、斎正と道佐は帰ってしまったという。

困ったのは弥吉郎であろう。

斎正と道佐が戻って来る望みはなく、弥吉郎の懐に金はない。賭場の連中は弥吉郎を睨みつけて逃げ出すこともできない。

――と、そこへ、

「木下様じゃありませんか」

役者顔の若い男が声をかけた。言うまでもなく、芳次である。武家になって以来、芳次は弥吉郎のことを〝木下様〟と呼ぶ。

芳次は、どうやったのか、胴元と話をつけた後、弥吉郎を近くの飲み屋に誘った。

熱燗で軽く喉を湿らせ、弥吉郎はいまだに慣れぬ侍口調で、

「すまぬな」

と、礼を言った。

この平和な時代に、武士に憧れるだけあって、弥吉郎は他人《ひと》を疑うことを知らないらしく、すっかり芳次を恩人扱いしている。

こうなってしまうと、もはや芳次の思うがままである。

他人から昔話を引き出すには、自分の昔話をするのが一番であることを芳次は知っている。

ことに芳次は捨て子であり、辛い思いは人一倍している。

「――それは苦労なされたな」

と、弥吉郎は口先ばかりで同情して見せると、おのれの昔話を始めた。人間というやつは、自分の苦労話を他人に話さずにいられぬようにできている。

弥吉郎はあっさりと茶屋の老夫婦のことを語った。もちろん、芳次は何もかもを知っている。

「茶屋の老夫婦はどうしておるかな？」

弥吉郎は聞いた。

「寂しがっておりやすぜ」

芳次はすらすらと嘘をつき、弥吉郎の様子を見ながら、もっともらしい顔で言葉を続けた。

「身分違いを承知の上、木下様のことを孫と思っているると言っておりやした」

人は信じたいことを無条件に信じてしまうことが多い。弥吉郎は呆気《あっけ》ないほど簡単に芳次の嘘を信じた。おまきへの罪を、

――許された。

と、思ったのだろう。

急に弥吉郎の機嫌がよくなった。しかし、

「会ってやりたいのは山々であるが――」

弥吉郎は顔を曇らせる。

本所深川中の年寄り連中に嫌われていることも知らず、すっかり老夫婦を気遣う孝行な孫婿の顔つきになっている。

こうなってしまえば、人魚騒動を斎正に吹き込ませることは、赤子の手をひねるより容易《たやす》かった。藩主の斎正様が大川にやって来れば、茶屋はもっと繁盛する。二人は木下様に感謝するはずだ。そんな芳次の言葉を鵜《う》呑《の》みにしたのだ。自分の最期が間近だとも知らず。

左馬自身も、あの夜、女装した芳次に言われるがままに道佐を斬り殺している。血はつながらないとはいえ、わが子だ。もはや、帰ることのできないところまで来てしまっ

ていた。破滅はすぐ目の前にあった。

4

「──田原様、遅くなりやした」

大川の水面を見ていた左馬の背中に、簪職人──芳次の声が聞こえた。

相変わらず、芳次は足音一つ立てずやって来る。

「上手く行ったのか？」

振り向きもせず左馬は聞く。

すでに芳次が岡っ引きであることも、一連の事件の黒幕に八丁堀が絡んでいることも、そして、何のために、こんなことをするのかも、かつて切れ者と呼ばれた左馬には見当がついていた。

「邪魔が入りやした」

表情のない声で芳次は答える。

芳次の上役である八丁堀の与力──佐々木主水の噂は、左馬も用人時代に耳にしたことがあった。

町場で〝仏の主水〟と呼ばれるように、見かけは飄々《ひょうひょう》とした穏やかな男であるが、法に反するものや治安を乱すすべてのものを嫌っていた。

その主水が我慢できぬものが、本所深川に二つあると言われている。

町民の暮らしをおびやかす安達斎正と鬼通りである。

今となっては左馬も気づいていた。

――二つを潰すために利用されたのだ。

主水の手先である芳次は、斎正を殺し、そして道佐を左馬に殺させた。

芳次の腕なら、道佐ごとき、いつでも殺せたはずであるのに、あえて左馬を巻き込んだのであった。もちろん、左馬を手駒として操るためにである。

その狙いは、鬼通りに乗り込んで潰すことだった。

芳次は左馬に医者父娘を預かってくれと頼んできた。

「人さらいの片棒などごめんだ」

と、断る左馬に芳次は白い歯を見せながら言った。

「人聞きの悪《わり》いことを言わねえでくんなまし。あっしは岡っ引きですぜ」

「どういう意味だ？」

「田原家の家中に病人がいらっしゃるでしょ？」

先月から、長年、仕えてくれた老僕が寝ついている。具合はあまりよくなく、医者も匙《さじ》を投げている。

「宋庵先生っていうのは立派な医者でして、帰るのも忘れて診てくれますよ」

何もかも芳次の言った通りになった。

宋庵も、その娘のお由有も立派な人間で、老僕のために手を尽くしてくれた。

二人の留守を近所の者が心配せぬように使いを出したという左馬の言葉も、あっさりと信じてくれた。

しかも、聞けば、この宋庵という医者は、茶屋の老夫婦に温泉療養を勧め、箱根の湯治場の世話までしている。

夜逃げでもさせるように、こっそり送り出したところを見ると、宋庵は事件の真相に気づいているのかもしれぬ。

「患者があれば診るのが医者の務めだ」

宋庵は淡々と言っていた。

自分一人が卑怯で小さな人間に思えたが、今さら手を引くことはできなかった。直接でなかろうが、藩主を手にかけたことが表沙汰になれば、田原家だけではなく親戚縁者までもが罪人扱いされる。

そんな中、さらに芳次が妙なことを言い出した。

「こいつを使って大川で騒ぎを起こしてくれやせんか？」

と、黒い瓦版を左馬に手渡すのだった。

目を落とすと、不気味な文句が並んでいる。

人魚に呪われた愚かな武家
一人二人と死んでゆき
最後には誰もいなくなった。

人の不幸ばかりを言い当てる黒瓦版の噂は左馬も耳にしている。左馬は知らなかったが、この黒瓦版売りも鬼通りをねぐらとしているという。

「誰も知らねえことですがね」

本気で潰すつもりらしく、芳次は鬼通りを調べ上げているようだ。

黒瓦版がきっかけに騒ぎが起これば、岡っ引きの名のもとに、鬼通りを調べることができる。それが芳次の狙いらしい。

左馬は道佐殺しの下手人さがしという名目で、一族を引き連れて大川岸で騒ぎを起こした。

さらに、芳次は〝つばめや〟の仙次に手紙を渡したりと、小細工を弄《ろう》していた。なるべく、自然な形で鬼通りに介入するためであろう。

しかし、思いも寄らぬことが起こった。お由有と宋庵が左馬の屋敷から消えてしまったのだ。

芳次は左馬を問い詰める。

「なぜ、二人を屋敷から出したんですかい？」

二人というのは、宋庵とその娘のお由有のことである。

――外に出られるはずはなかった。しかし……

左馬は呟いた。言っても信じてもらえるはずがない。

毒を食らわば皿まで。

いざとなれば、力ずくでも宋庵とお由有を止めて置くつもりで、左馬は家来の中でも腕が立ち忠義に篤《あつ》い者に二人の見張りをさせていた。

それなのに、宋庵とお由有は煙のように消えてしまった。

後には、一枚の黒瓦版が残されていた。

黒瓦版に予言されるまでもなく、知りすぎてしまった自分の行く末くらい見えている。茶屋の老夫婦が姿を消した以上、左馬さえ消えてしまえば、芳次たちのやったことを明確に知る者はいない。

不幸を予言する黒瓦版には、大川に浮かぶ左馬の姿が描かれている。

左馬の背後で、かさりと芳次の動く音がした。これから何が起こるのか、千里眼の持ち主でない左馬にも分かった。この世とやらとの別れの時が来たのだ。常に懐に持ち歩いている志乃の形見の簪を握りしめた。

最期に、志乃の顔が思い浮かんだ。

我が子を斬った自分のことを、志乃は許してくれるだろうか。暗闇に浮かぶ志乃の顔を見ながら、左馬はそんなことを考えた。

＊

「にゃん……」

暗い光のどこかから、猫の鳴き声が聞こえて来た。

あっという間に大川の景色が消え、鬼通りの夜が仙次の目の前に広がった。

先刻までなかったはずの大きな満月が浮かび、昼間のように鬼通りを照らしている。

千代松とお文、それに鬼人衆の姿が消えていた。それから、仙次の目の前に、鬼通りから足早に去って行く芳次の背中が見えた。

千代松の見せた幻が、仙次には信じられなかった。

「そんな馬鹿な……」

と、呟きかけたとき、青白い月の光を浴びて、何かが闇の中できらりと輝いた。

歩み寄って拾い上げてみると、それは幻の中の左馬が大切にしていた志乃の簪だった。

いや、もしかすると、おまきの簪なのかもしれない。

「これ、仙次、何をしておる？」

正気に返った梶之進と鬼一じいさんが、不思議そうな顔をしている。二人は千代松の幻を見ていないのだろう。

仙次は粗末な簪を懐に落とし、二人の剣術使いに言う。

「お由有と宋庵先生に会いに行こう。そろそろ家に帰っているはずだ」

終　顚末《てんまつ》

お由有と宋庵が戻って来ると、本所深川は急に春めいて来た。

暖かい春風の吹く昼下がり、梶之進は〝つばめや〟に向かって歩いていた。腹が減ったので、仙次に飯でもねだろうという算段である。

薄紅《うすくれない》の花びらが、ひらひら舞い、積もった雪のように道を染めていた。

歩くたびに花びらが舞い上がった。

その花びらに隠れるように、〝つばめや〟の手前に、見おぼえのある娘がひっそりと立っていた。

梶之進は娘に声をかける。

「お由有、こんなところで何をやっておる？」

娘――お由有は梶之進を見て、ほんの少し困ったような顔をした。

梶之進は言葉を重ねる。

「仙次に会いに来たのではないのか？」

お由有も梶之進と同じく、仙次とは幼いころからの付き合いで、気楽に互いの家を行き来している。遠慮するような間柄ではない。

「うん……」

そう言いながらも、お由有はその場から動こうとしない。相変わらず、困ったような泣きそうな顔をしている。しっかり者のお由有とは思えぬ様子だった。

長い付き合いである上に、目の前の娘に惚れている梶之進には、お由有の考えていることが手に取るように分かった。

大川の人魚騒動のあたりから仙次の様子がおかしいのだ。まるで人が変わってしまったように見える。このごろは滅多に笑うこともない。お由有にしてみれば、今までの調子で仙次に話しかけにくいのだろう。

「どうしていいのか分からない」

途方に暮れたようにお由有は言う。

大昔、梶之進が九つか十くらいのときにも似たようなことがあった。それまで、梶之進とお由有を取り合って大喧嘩をしていたのに、その日を境に仙次は「お由有を嫁にする」と言わなくなった。

「面倒な男だな、あやつは」

わざとらしいくらい乱暴な口振りで言ってやった。

「梶之進ちゃん……？」

お由有が子供のころと同じように名を呼んでくれる。お由有の声を聞くと、ほんの少しだけ梶之進の胸は温かくなる。

二親のいない梶之進に温かさをくれるお由有に恩返しをしなければならない。梶之進は〝つばめや〟の裏庭にいるであろう仙次に聞こえるほどの大声を上げた。

「お由有を困らせる者は仙次であろうと、拙者が許さん」

梶之進はわあわあと騒ぎながら、道端に落ちていた棒切れを拾い、〝つばめや〟に乗り込んで行く。

「ちょっと待って、違うのよ」

お由有が慌てた顔で追いかけて来る。

手入れの行き届いた〝つばめや〟の裏庭で、雀を相手にぼんやりしている仙次の顔が目に入った。梶之進は、のっしのっしと近寄って行く。雀たちが、逃げるように、ぱっと飛び去った。

「仙次ちゃん、逃げてッ」

お由有が悲鳴を上げるが、仙次はきょとんとしている。

いきなり「逃げて」と言われても訳が分からぬのだろう。

——未熟者め。

梶之進はにやりと笑うと、棒切れを竹刀のように振り上げた。

「覚悟はいいか、仙次」

「おい、梶之進……」

大人びた仙次の声が聞こえた。

仙次にしろ、お由有にしろ、いつまでも子供のままでいられないことくらい梶之進だって知っている。人は大人になり、やがて死んで行くようにできている。

しかし、もう少しの間だけ梶之進は〝子供〟でいたいのだ。せめて、仙次とお由有の前にいるときだけでも——。

「仙次、成敗してくれるッ」

目を丸くしている仙次の頭を、棒切れでぽかりと殴ってやった。

*

茶屋の老夫婦――銀吉《ぎんきち》とおきみは、お遍路さんとして、四国八十八箇所霊場を巡り歩いていた。銀吉の懐には、〝おまき〟〝弥吉〟と死んでしまった娘夫婦二人の名が書かれた札が入っている。

――二人のせいじゃないよ。

三つ瞳の童子の声が銀吉の脳裏に蘇る。

あのとき、銀吉は、本所深川の年寄り連中の力を借りて弥吉を追い詰めた。おまきの仇として、弥吉を殺すつもりでいた。具合の悪いおきみも、おまきの仇討ちのために病床から起き上がっていた。

しかし、銀吉にもおきみにも、そして、他の年寄り連中にも、弥吉を殺すことはできなかった。

「おまきに謝っておくれ」

そう言うだけで精いっぱいだった。

実のところ、その後、何が起こったのか分からない。

気づいたときには、弥吉が大川に落ちていた。慌てて助け上げたが、すでに弥吉の身体は冷たくなっていた。

――自分たちに怯《おび》えたのだろうか？

他に考えようもないが、銀吉の目には、弥吉が自ら、自分の意志で大川に飛び込んだように見えたのだ。

いずれにせよ、弥吉は死んでしまい、銀吉とおきみは生き残った。

講談や歌舞伎であれば、一件落着といったところだが、生身の人の心は面倒にできている。

弥吉が死んでから、銀吉もおきみも、ろくに眠れぬようになってしまった。

直接、手を下したわけではないが、それでも人の死は、善良に生きてきた老夫婦二人には重すぎたのだ。

周囲の年寄りたちを安心させるため、医者の勧めに従って湯治に行くとは言ったものの、到底、銀吉はそんな気になれずにいた。

おきみを連れて大川に飛び込み、ひと思いに、あの世とやらに行ってしまおうと川辺を歩いているとき、その童子は現れた。真夜中だというのに、童子は手ぬぐいで顔半分を隠している。

童子は「おいら、千代松」と名乗ると手ぬぐいを上にずらし、銀吉とおきみに、三つ瞳とおのれの顔をさらけ出した。驚くほど、幼い顔が露になった。

千代松は二人に言う。

「死ぬ必要はないと思うよ」

千代松は何もかもを知っていた。

「しかし――」

銀吉は言葉を返す。臆病者と罵《ののし》られようと、弥吉の死を背負って生きていく自信はなかった。

それに、おきみの命は尽きようとしている。病気だけではなく、弥吉を死なせてしまったという思いが、おきみを苛《さいな》んでいるに違いない。長年、連れ添った夫として、おきみを苦しいままにしておけなかった。

「それなら、四国に行くといいよ」

千代松は言った。お遍路さんのことだろう。罪を犯して、故郷を捨てざるを得なくなった人々が四国の霊場を終生かけて、ぐるぐると巡り歩いていることは知っていた。歩くことによって贖罪《しょくざい》になるという。

「罪を償うためだけじゃないよ」

千代松は言葉を続ける。

「八十八箇所の霊場をぐるぐる歩いていると、死んだ人に会えるんだよ」

信じ切っているように断言した。それから、独り言のように「おいらも行こうか迷っているんだ」と付け加えると、遍路巡りのための旅費のつもりなのか、百両もの大金を老夫婦に渡してくれた。

罪を償い、おまきに会うため、四国を巡り歩くのも悪くないように思えた。おきみも真面目な顔をして千代松の話を聞いている。

しかし、百両は大金である。

見知らぬ子供から、百両もの大金を受け取っていいものかと悩んでいると、再び、千代松が独り言のように呟いた。

「途中で小雪って女の子に会ったら、伝えて欲しいんだ」

千代松は手ぬぐいで三つ瞳を隠した。銀吉には、千代松が涙を隠したように見えた。

「仇を討ったら、おいらもそっちに行くからって」

そっちというのが、四国を指すのか、それとも死者の国を指すのか、銀吉には分からない。

やがて、千代松は消え、銀吉とおきみの老夫婦は四国八十八箇所を巡るお遍路さんとなった。そして、不思議なことに霊場を巡るうち、おきみの病は癒えたのか咳一つしなくなった。

銀吉とおきみが、お遍路さんとなって半月ほどたったときのことである。この老夫婦に道連れができた。生者と思えぬほど肌の白い娘だった。

――小雪という娘だろうか？

千代松の言葉を思い出したが、銀吉は名を聞かずにおいた。生者と死者がともに暮らす四国八十八箇所では、現世の名など何の意味もない。今となっては、銀吉とおきみ自身も生きているのか死んでいるのか分からないのだ。

見知らぬ娘を連れて、銀吉とおきみは四国八十八箇所を巡り歩いて行く。

いつの日か、千代松とやらがやって来る日を待ちながら——。

光文社文庫

文庫書下ろし
忘《わす》れ簪《かんざし》 つばめや仙次《せんじ》 ふしぎ瓦版《かわらばん》
著者 高《たか》橋《はし》由《ゆ》太《た》

2012年4月20日 初版1刷発行

発行者 駒井 稔
印刷 堀内印刷
製本 榎本製本

発行所 株式会社 光文社
〒112-8011 東京都文京区音羽1-16-6
電話 (03)5395-8149 編集部
8113 書籍販売部
8125 業務部

ISBN978-4-334-76396-1 Printed in Japan

組版 萩原印刷

お願い　光文社文庫をお読みになって、いかがでございましたか。「読後の感想」を編集部あてに、ぜひお送りください。

このほか光文社文庫では、どんな本をお読みになりましたか。これから、どういう本をご希望ですか。どの本も、誤植がないようつとめていますが、もしお気づきの点がございましたら、お教えください。ご職業、ご年齢などもお書きそえいただければ幸いです。当社の規定により本来の目的以外に使用せず、大切に扱わせていただきます。

光文社文庫編集部